メディアワークス文庫

新装版 恋空

－切ナイ恋物語－（上）

美嘉

恋は思い通りにいかないもの……
だけど……
だから……
追いかけてしまう。
身近に起こっている様々な事件
あなたならどこまで乗り越えられますか？

衝撃的な結末があなたを待っています。
切なくて苦しいけど、なぜか心温まる……

目　次

プロローグ

もしもあの日君に出会っていなければ

こんなに苦しくて
こんなに悲しくて
こんなに切なくて
こんなに涙があふれるような想《おも》いはしなかったと思う

けれど君に出会っていなければ

こんなにうれしくて
こんなに優しくて
こんなに愛《いと》しくて
こんなに温かくて
こんなに幸せな気持ちを知る事もできなかったよ……

涙こらえて私は今日も空を見上げる

空を見上げる

一章　恋来

偽りからのスタート

「あ～!!　超おなか減ったし～っ♪♪」

待ちに待った昼休み。美嘉《みか》はいつものように机の上で弁当を開く。

学校は面倒だけど、同じクラスで仲良くなったアヤとユカと一緒に弁当を食べるのが学校生活の中で唯一の楽しみな時間だ。

――田原《たはら》美嘉――

今年の4月高校に入学したばかりの高校一年生。

入学してからまだ三カ月足らずだけれど、仲良しで気の合う友達が出来て、結構充実した毎日を過ごしていた。

背が低いうえに顔が幼いので、実際の歳《とし》よりも下に見られがちなのが今の一番の悩みだ。

頭がいいわけでもなく、特別可愛《かわい》いってわけでもない。

特技なんてないし、将来の夢なんてあるわけもない。

中学を卒業してすぐに染めた明るい茶色のストレート髪。

ほんのりと淡いメイクがまだあまりなじんでいない今日この頃。

中学校からわりと平凡な生活を送ってきた。

普通に友達もいた。それなりに恋もして、付き合った人もいた。

だけど共通しているのはどの恋も短期間で終わりを告げているという事。

本当の恋って……何⁇　そんなの知らない。

知っているのはすぐに終わってしまうはかない恋、ただ一つだけ。

恋なんて別にしなくてもいい、そう思っていたのに。

そんな中……君に出会った。

このまま平凡に終わるはずだった美嘉の人生は、君に出会った事によって変わっていく……。


いつものように、美嘉とアヤとユカの三人は夢中になってもくもくと弁当を食べていた。

食事の時って、なぜ無言になってしまうのだろう。

その時教室のドアがガラガラと音をたてて開き、それと同時にポケットに手を入れた、がに股の男が三人の元へと近づいてきた。

その男は三人の前に立ち止まり、軽い口調で話し始める。

「こんちわ～！　俺の名前はノゾム。隣のクラスなんだけど～知ってる？」

一瞬だけ目を合わせる三人。しかしそのまま知らんぷりをして弁当を食べ続ける。

高校に入学してから、彼の……ノゾムの悪いうわさをたくさん聞いた。

女ったらしで手が早い、かなりの遊び人。

実際、ノゾムは毎日のように違う女を連れて校内を歩いているのだから、悪いうわさがたっても仕方がない。

〝ノゾムに気をつけろ！〟〝ノゾムにねらわれた女は逃げられない〟

高校入学当時はそんな忠告が回ってきた事もあったっけ……。

高めの身長に、整った顔。

メッシュが入った、ワックスで無造作にセットされている髪。

何かを見透かすようにじっと見つめるまっすぐな瞳。

モテる要素をいくつも持っているのは確かである。

問題は性格だ……この軽い性格はどうにかならないものか。

まぁ、そこがモテる要素の一つであるのかもしれない。

そこまで彼の悪いうわさを聞いていながら関わるつもりなどもちろんない。

三人は、ノゾムの存在に気づかないフリをしながら無言で弁当を食べ続けた。

「あれ～無視？　俺と友達になってよ♪　番号交換しようぜ！」

無視をしているのに、彼は少しもあきらめる気配を見せない。

あまりにしつこいのでいらだちを抑えようと、美嘉は近くにある麦茶を手に取りごくんと一口飲み込んだ。

「えぇ～どうしよ。まぁいいよ！　交換しよ♪」

沈黙の中、突然言葉を発したのは……アヤだ。

美嘉とユカはギョッとした顔つきで目を見開いて顔を見合わせた。

アヤが笑顔でノゾムと番号交換をしている、信じがたい光景。

ノゾムが満足げに教室から出ていくのを確認すると、美嘉はきつい口調でアヤに問いかけた。

「なんであんな軽そうな男に番号教えるの⁇　痛い目見るよ⁉」

そんな美嘉の心配をよそにあっさりと答えるアヤ。

「だってあたしイケメン大好きだからぁ！　ウフッ♪」

アヤは歳のわりに大人っぽくてきれいな顔立ちをした女の子。

スタイルが良く、ロングで少しウェーブがかった赤茶色の髪が特徴。

しかし男運が悪いらしく付き合う相手は軽い感じの男ばかり。

だから彼氏が出来ても、付き合ってすぐ別れての繰り返し。

「アヤ、あんな男に本気になっちゃダメだよ」

まじめな顔で心配するユカに対し、アヤは軽く返事をした。
「心配しなくても大丈夫だってぇ♪」

その日、学校が終わり、美嘉は部屋で暇つぶしにテレビを見ていた。
その時……。
♪プルルルル♪
大きく鳴り響いた電話の着信音。しかも着信の相手は登録してない知らない番号から。
誰だろう⁇ 知らない番号から電話が来るなんて珍しいなぁ。
不安な面持ちで、相手を探るよう電話に出る。
『もしもし……⁇』
『……』
……相手は無言だ。
『もしも〜し⁇』
少し強気の口調で言ってみる。
ガチャッ、プープープー。
勢いよく切られてしまった……いたずら電話⁇ 間違い電話かな。
♪プルルルル♪

再び鳴り響く着信音。着信の相手は、またもやさっきと同じ番号からだ。

また相手は無言かもしれないと、美嘉は適当な対応で電話に出てみた。

『もしもぉぉぉし』

『……し？　もしもーし……』

電話の向こうからかすかに聞こえるのは聞き慣れない男の声。

『へっ？　誰⁇』

すると電話の向こうの相手は鼓膜が破れてしまうくらいの大声で答えた。

『……美嘉ちゃん？　悪ぃ電波悪くて！　ノゾムだけど！　わかる？　今日の昼休み話しかけた奴！』

ゲッッ！　ノゾム？

ノゾムってあの女ったらしのノゾム？

今日アヤと連絡先交換してた……あのノゾムさん⁇

頭の中はわけもわからずパニック状態だ。

そんな状態で、返す言葉なんて見つかるはずがない。

そうだ、いっその事、電話を切ってしまおう……。

さっそく実行しようとボタンに指を近づけた時、ノゾムは再び話し始めた。

『突然電話したら驚くよな～ごめん。アヤちゃんから番号教えてもらった。友達になってよ！』

ああ、なるほど。アヤが勝手に教えたんだ……って納得してる場合じゃなくて!!

明日、アヤへの軽い復讐《ふくしゅう》をしようと決意しながら、冷静を装って答えた。

『……で、何か用??』

『だーかーらー、俺と友達になってよ！　ねっ。お願〜い』

軽い……軽すぎる。正直ここまで軽いとは予想外だった。

『……いいよー。じゃあね』

しぶしぶ友達になる事を承諾して一方的に電話を切った。

そうしないといつまでも電話を切ってくれないような、嫌な予感がしたから。

ノゾムの番号を登録……一応しておくか。


ジリリリリ。

不快な目覚ましの音で目が覚め、今日もまたいつも通り学校へ向かう。

玄関で上靴に履き替えていた時、アヤの姿を見つけたので、美嘉は興奮気味にアヤの元へ駆け寄った。

「あ、美嘉ぁ〜おはよ♪」

「おはようじゃないよ!!　アヤのバカ!!　勝手に番号教えちゃダメでしょっ。昨日ノゾムから電話来たんだから!!」

「ごめ～ん♪　だってノゾムが美嘉の番号教えろってうるさいんだもん。なんかおごるから許して♪」

何事もなかったように涼しげな表情をしているアヤの横顔を見つめながら、美嘉は深いため息をついた。

それ以来、毎日のようにノゾムからは電話やメールが届いた。

美嘉の通っていた高校では当時まだ〝携帯電話〟を持ってる人が少なく、ほとんどの人が〝ＰＨＳ〟を使っていた。〝ＰＨＳ〟にはＰメールとＰメールＤＸという機能がある。

Ｐメールとはカタカナを十五字前後送る事ができる機能で、ＰメールＤＸとは今の携帯電話のように長いメールを送る事ができる機能だ。

重要な内容ではない限りＰメールＤＸは使わずほとんどの場合はＰメールを使用していた。

ノゾムから届くメールは、毎回と言っていいほど同じ内容だ。

《ゲンキ？》

《イマナニシテル？》

決まってこの二通。

最初のうちは短いながらもマメに返信していたが、次第に面倒になり電話もメールも返さなくなっていった。

ノゾムは隣のクラスだから廊下でばったり会う事もあったけど……避けた。

ノゾムの事が嫌いなわけではない。ただ面倒くさがりの美嘉にとって、ノゾムから毎日のように来る連絡が重かったのも理由の一つ。

そして返さなくなった最大の理由は、ノゾムをねらっていたアヤが美嘉の事を〝親友の男を平気でとる女〟だと陰口を言っているといううわさを聞いてしまったから。


そんな苦痛な日が何日も続き、ようやく高校最初の夏休みが来た。

外では蟬《せみ》が鳴いている、じめじめとしたある日の午前……。

中学校からの親友であるマナミと美嘉の家で遊んでいた。

夏休みに入ってから二人は毎日のように遊んでいる。

マナミはどんな悩みでも相談できる大切な友達の一人。

中学校の時はよく二人で悪い事をしたりもした……いわゆる〝悪友〟であったりもする。

この日もくだらない話をしながら盛り上がっていたその時……。

♪プルルルル♪

部屋に鳴り響く着信音で二人の会話が途切れた。

「マナミ～ごめん!!　電話出てもいい⁇」

「いいよん♪」

画面を見ると、着信の相手は知らない番号からだ。

しかもＰＨＳからではなく家の電話から……。

「出ないの⁉」

不思議そうな顔をしながらＰＨＳをのぞき込むマナミ。

「……やめとく。知らない番号とか嫌だしっ!!」

そう答えて電話を切ろうとしたその時。

マナミは美嘉の手からＰＨＳを奪い強引に電話に出た。

『もしも～し？　私美嘉の友人です。はい、あっ美嘉ですか？　今替わりまーす！』

「高校の友達だって。変な人じゃなかったよ！」

マナミはこっちの会話が聞こえないよう通話口を押さえながら小声でささやき、美嘉にＰＨＳを手渡す。

……仕方ない、こうなったら電話に出るしかない。

『……もしもし⁇』

『もっし～俺！　ノゾム君だよ～ん♪　美嘉ちん俺の事避けるしな～ひでぇな！　俺、

泣いちゃうよ〜』

ゲッッ!! このウザいくらいのテンションの高さは……ノゾムだ。

『何⁇』

冷たく、そしてあっさりと言い放つ。

『またまたぁ〜美嘉ちんは冷たいなぁ！ 俺、何かした？ してないよね〜！ ヒャハハハハ』

まさかとは思うが酔っているのだろうか、ノゾムの口は止まらない。

『俺PHS止められちゃって〜参った！ 今〜弘樹《ひろき》って奴の家から電話かけてんだよね！ 頭良くない？ 今からそいつに替わりま〜す！』

『え……ちょっと待っ……』

最後まで言い終わらないうちに、電話の相手が替わった。

『もしもし？』

『えっ……もしもし』

つい反射的に答えてしまう。

『俺ノゾムのダチの桜井《さくらい》弘樹。あいつ今かなり酔ってるみたいでごめんな？』

ノゾムとは正反対の、低く落ち着いた声。

『大丈夫だけど……ってか弘樹君だっけ⁇ 家から電話して大丈夫なの⁇ 怒られな

い⁉』

その問いに、彼は電話越しで小さく笑って答えた。

『つーかヒロでいいから！　ＰＨＳの番号聞いていいか？　俺からかけ直す』

そしてお互いの番号を交換した。

これがヒロとの出会いだった。

桜井弘樹……いや、ヒロと番号交換をしたあの日から、二人は夏休み中毎日のように連絡を取り合った。

ヒロとはまだ会った事がないので顔はわからなかったけど、趣味が一緒だったり好きな音楽が似てたりと共通点も多く、すぐに打ち解け合った。

連絡を取り合ってからわかった事がいくつかある。

まず美嘉とヒロはクラスは離れて遠いが同じ高校に通っているということ。

そしてヒロはノゾムからよく聞いていたので、美嘉の存在を知っているらしい。

二人は暇さえあれば連絡を取り合い、徐々に仲を深めていった。

長かった夏休みもあっという間に終わり、眠い目をこすりながら学校へ向かう。

教室に入ると同時に目に入ったのは、机の上に置かれた一通の手紙。

【DEAR 美嘉★ FROM アヤ】

……アヤからの手紙だ。

ノゾムと連絡を取り始めてからアヤに避けられているので、手紙をもらうのは久しぶりだ。

教室中を見渡したがアヤの姿はない。不安な面持ちで手紙を開いた。

【話があるから、手紙読んだら四階の音楽室まで来てね！】

手紙をぐしゃぐしゃに握りしめたまま教室を飛び出し、階段を駆け上がっていく。

音楽室のドアの前……何度も軽く深呼吸をする。

怒ってるよね。

嫌な思いだけが頭をよぎる。

そっとドアを開けるとイスに座っていたアヤが音に気づき、ゆっくりと振り返った。

「美嘉ぁ〜おはぁ♪」

アヤのなんら変わりない笑顔に少しだけ戸惑う美嘉。

「おはよぉ……」

「呼び出してごめん！」

「ん……」

「美嘉はさ〜、今恋してる？」

一瞬、本当に一瞬だけ浮かんだのはヒロの顔。

会った事がない……勝手に想像しているヒロの顔。

「……いない、かなぁ」

美嘉の返事をさえぎり、すかさず口を開くアヤ。

「あたしは今バリバリ恋してるよ！」

……相手はきっとあの人。あの人しかいない。

「ノゾム⁇」

「うん！　本気なの。美嘉はノゾムの事どう思ってるの？」

心配そうな顔をするアヤに対し、美嘉は偽りない正直な気持ちを口にした。

「……ただの友達だよっ⁇　恋愛感情は少しもないし‼」

アヤは表情をゆるめると、突然席から立ち上がって背を向けた。

「あたし、美嘉に嫉妬してたんだ。ノゾムは美嘉ねらいっぽかったし～美嘉もノゾムの事好きなのかなぁ～……ってね。疑ってごめん。ユカに話したらかなり怒られちゃった！」

「そっかぁ……」

「美嘉ごめんね。許してくれるかな？」

しんみりとした空気の中、アヤが振り向いて頭を下げる。

答えはただ一つ。

「……もちろん!! 仲直りだね!!」

それから美嘉とアヤは離れていた日のことを語り合った。

夏休み中にヒロと知り合った事、そして毎日連絡を取り合っているという事。

するとアヤはうれしそうに美嘉の腕に自分の腕をからめてこう言った。

「美嘉、お互い恋に向かって頑張ろうね♪」


キーンコーンカーンコーン。

チャイムが鳴り二人は教室へ戻る。その日一時間目の授業は移動教室だ。

ずっと心配してくれていたユカに仲直りした事を報告し、久しぶりに集まった三人は教室を出た。

廊下を歩いていると、前からは学校内でもひときわ目立っているヤンキーやらギャル男やらの集団が……その中にノゾムがいる。

確かにノゾムは目立つし、ギャル男系だ。

「ノ〜ゾム〜♪」

スキップしながらノゾムの方へと駆けていくアヤ。

取り残された美嘉とユカは廊下の隅でアヤが戻ってくるのを待っていると、集団のうちの一人が二人の元へ近づいてきた。

色黒、明るい茶髪、整った細い眉毛、腰パンにはだけたYシャツ、背が高い……おそらく180センチくらいはあるだろう。

耳には数えきれないほどたくさんのシルバーピアス。

その集団の中では、明らかにリーダー的存在だ。

その男が鋭い目つきでにらみながら徐々にこっちへ向かってくる。

美嘉とユカは視線をそらし、万が一何かあった時のためにと瞬時に逃げる体勢をとった。

そして二人の前に立ちはだかったその男は、ゆっくり口を開く。

「美嘉……だよな。俺は弘樹」

……弘樹？　ヒロ⁇

ギエェエ‼　夏休み中ずっと連絡とってたヒロ⁇

低くて落ち着いた声。

想像していたヒロという名前の男は、爽やかで好青年で……。

「よろしくな！」

ヒロは見た目から想像できない、子供のようにあどけない笑顔で右手を差し出した。

一歩下がって、引きつった作り笑顔で、じんわり汗ばんだ右手を差し出し、ヒロの右手を軽く握る美嘉。

隣では彼氏いない歴十六年の純情なユカが、ゴムで後ろに束ねられた黒髪をプルプルと震わせながら今にも失神しそうな顔をしている。

美嘉でさえ怖いのに、ユカには刺激が強すぎたか……。

キーンコーンカーンコーン。

運のいい事に授業の始まりを告げるチャイムが鳴ったので美嘉は握手した手を離し、放心状態のユカと、ノゾムと楽しそうに会話するアヤを強引に引っ張り、そそくさと教室へ向かった。

ヒロ、想像してた人と全然違ったな……心がついていけないよ。

とりあえず席に着き、頭を抱え込んでいると、隣に座っていたアヤが先生の目を気にしながら美嘉の耳元でつぶやいた。

「さっき握手してた人って～もしかしてヒロ君!? 超イケメンじゃん! 美嘉ラッキー♪ あたしはノゾムねらいだから安心しなさい♪」

え?? イケメンだったっけ。じっくり顔見る余裕なんてなかった……。

そのまま返事をせずに顔を伏せていると、アヤは続けた。

「お互いマジで頑張ろ! 高校生活でイケメンGETしなきゃね～♪」

「ってか、今日会ったばっかりだよっ!?」

「これからどうなるかわかんないじゃん♪」

アヤの言葉を聞こえないフリをして美嘉は想いを巡らせていた。

ヒロとは確かに気が合うけど、今はまだ好きとかそんな気持ちはない。

この時は、ヒロに恋するなんて……全然思ってもいなかったんだ。


♪プルルルル♪

夜……。部屋でうとうとしていると、ＰＨＳの着信音で目が覚めた。

電話の相手はノゾムだ。

半分寝ぼけた状態のままＰＨＳを手に取り電話に出た。

『ふぁい……』

『誰かわかるか〜?』

『……登録してるんだからわかるし!!』

『だよなぁ〜話変わるけどあいつと連絡取ってるんだって?』

『あいつってヒロ?　取ってるけど??』

『あいつ、ほかの学校に女いるから。あんまりおすすめしねーよ』

申し訳なさそうに……でも強い言い方をするノゾムに対し、美嘉はわざと明るく振るまって答えた。

『……そっかぁ。ＯＫＯＫ♪　わざわざありがと！　気をつけるよっ!!』
電話を切ってノゾムの言葉を思い返す。なんだか眠気もすっかり覚めてしまった。
ヒロって彼女いるんだ。初めて知ったよ。
別に今はただの友達で、恋愛感情があるわけじゃないから、彼女いてもいいけどね。
……でもヒロの口から直接聞きたかったなぁ。
そんな事を考えている途中、偶然にも届いたメール。
受信相手はヒロだ。
《アシタホウカゴハナソウ》
返信はしない。今はなんとなくする気にはなれなかった。

次の日の放課後アヤとユカと帰ろうとしたその時……。

アヤが教室のドアを指差して叫んだ。

「あれ～ヒロ君じゃない!?」

アヤが指差す方向には、まさにヒロの姿。

美嘉はＰＨＳをいじるそぶりを見せてさりげなく教室を出ようとした。

しかし……。

「美嘉、話そうぜ」

ドアに手を伸ばし、美嘉が帰れないよう通せん坊しているヒロ。

「どーぞどーぞ♪」

ヒロに彼女がいる事など何も知らないアヤが美嘉の背中を押す。

「わりぃ。じゃあ、美嘉借りるわ！」

ヒロはアヤとユカにそう言うと、美嘉の返事を聞かずに手をぐいっと引っ張り、誰もいない教室へと連れていった。

「昨日メール、シカトしただろ？」

静かな教室の中に響くヒロの不機嫌で低い声。

「寝てたのっ!!」

本当は起きてたけど……無視したなんて言えるはずもなく嘘《うそ》をついた。

「それならいいけど。ってかこうやって会って二人で話すの初めてじゃねぇ？」

安心したように微笑《ほほえ》み、照れくさそうに頭をかくヒロ。

「……彼女怒らないかな??」

遠まわしに、ちょっとイヤミっぽく言い放つ美嘉。

ヒロからは笑顔が消え、目を細めてムッとしたように見えた。

「俺、女いねーし」

「昨日ノゾムから聞いたよ？　別に嘘つかなくてもいいじゃん!!」

美嘉の厳しい尋問にヒロは戸惑っている。

「あ〜……あいつから聞いたのか。まぁ一応いる事はいるけど……もう別れるつもりだから」

「ふ〜ん……」

美嘉はそっけなく返事をすると、窓の外を眺めながらふと考えていた。

別れるとか……なんだか嘘っぽいよね。

彼女いるなら、最初からいるって言えばいいのに。

もしかして内緒にするつもりだったのかな??

ヒロの事、なんだかよくわからなくなってきちゃった……。

結局その日は、気まずく重い雰囲気のまま、ろくに会話もせず別れた。


しかしその日以来、なぜかヒロからは、前以上に連絡が来るようになり、放課後二人きりで話す事も次第に増えていった。

最初は信用できないと思っていたヒロの事も、話していくうちに少しずつ信用できるようになり……。

いつしかヒロに対して心を開き、悩みまで相談するくらい深い仲になった。

見た目が怖いヒロだけど、相談すると真剣に話を聞いてくれるし力強い言葉をくれる。

いつも周りを威嚇しているような鋭い目も、笑うとたれて幼く、そして優しく見えたりもする。

最初に会った時の悪いイメージは取り除かれ、美嘉はヒロに彼女がいる事を知っていながらも次第にヒロに惹《ひ》かれていった。

自分の気持ちに気づき、どうしたらいいものかとアヤとユカに相談を持ちかける。

そこで二人が出した結論は……。

〝ヒロが彼女と別れる気が本当にあるのかを聞いて、もし別れる気がないのならあきらめる〟だった。

二人に励まされながら、勇気を出してヒロにメールを送信する。

《カノジョトワカレルキアル？》

《ナイナラモウアエナイ》

♪ピロリン　ピロリン♪

メールを送ってからまだ一分もたっていない。

ヒロからの返事は即答でしかもたった一言だった。

《モウワカレタカラ》

「美嘉〜やったじゃん♪　チャンス！」

返信の内容を見てぴょんぴょん跳びはね、まるで自分の事のように喜んでくれているアヤ。
「本当良かったね♪」
ユカもとびきりの笑顔でガッツポーズをしてくれた。
「……ありがとぉ!!」
気になる人が彼女と別れたら、普通うれしいはずだよね??
でもなんでだろう。
素直に喜べない。心から笑えない。
だって、また嘘をつかれているような気がするから。
まだ心のどこかに不安が残っている。
百パーセント……信じきれていない気持ちがある。
最初にヒロがついた嘘を今もまだ微妙に引きずっていたりもする。
ノゾムに聞くのが、一番手っ取り早くて確かな手かもしれない。
だけど真実を知るのが怖くて……結局聞けなかった。
ヒロが別れたって言ってるんだもん。
今はヒロの言葉を信じるしかないんだよ……。

♪ピロリンピロリン♪

ある日の朝……いつも通り学校へ行くためバスを待っているとメールの受信音が鳴ったので受信BOXを開いた。

受信：ヒロ
《キョウガッコウサボロウ！》
……学校サボる？　なぜ⁇
メールの内容がいまいち理解できなかったので、ヒロに電話をかける。
早く知りたいから電話で。
♪プルルルル♪
『はいよ～！』
ヒロの第一声から、テンションが高めなのが丸わかりだ。
『ねぇ、サボるってどーゆー事⁇』
『今日学校サボって俺んちで遊ぼうぜ！』
なるほど、そーゆー事か……って納得してる場合じゃない。
バスの時間が迫っているし、迷っている暇はない。
『OK～‼』
そりゃあ学校に行って勉強するより、気になる人と遊ぶほうがいいに決まっている。

軽い気持ちで返事をし、ヒロの家から一番近いバス停を聞いてそこに止まるバスに乗り、見慣れない場所にあるバス停で降りた。

バス停の前には黒い自転車に乗ったヒロの姿。親指で自転車の後ろ座席を差している。

「乗れ！　飛ばすからしっかりつかまってろよ～」

美嘉の体を軽々と持ち上げて後ろに乗せると、ヒロは自転車をこぎ始めた。

ヒロの背中にぎゅっと強くつかまり、ヒロのぬくもりを直《じか》に感じる。

初めて感じたヒロのぬくもりは、溶けそうなくらい温かくて、美嘉の胸は自分でも驚くくらいドキドキと高鳴っていた。


しばらくして自転車はヒロの家に到着。

「おじゃましまぁす……」

小声でつぶやいてみたが返答はない。

「誰もいねぇよ！」

なぬ!?　誰もいない？　じゃあもしかして二人きり??

付き合った人は過去に何人かいたけど、部屋で男の人と二人きりなんて……これが初めてだ。

床の所々に散らばった洋服や教科書やアクセサリー類が、改めて男の人の部屋にいるのだと感じさせる。

緊張のせいかそわそわして落ち着かない美嘉。

でも緊張してる事をヒロにバレないよう、無理やり冷静を装う。

「緊張すんなよ？」

そう言いながらヒロはぶっきらぼうに頭をなでた。

……なんだ、緊張してるのバレてたんだね。

この人の前では自分を作らなくてもいいんだ。

それから二人で学校のこと……あの先生がどーとか、あの子はあーだとか、ありきたりな話で盛り上がった。

微妙であいまいだった美嘉の気持ちは確信へと変わり、それと同時に大きな不安が一つ生まれた。


——美嘉はヒロが好きです。ヒロはどう思ってますか？——


時間は十二時。

昼食を買うためコンビニへと向かう道の途中で、ヒロが片手を差し伸べてきた。

その行動の意味が理解できずに美嘉は首をかしげる。

するとヒロは照れた表情で頭をかきながら強引に手を握った。

「おまえ～危なっかしいから俺につかまってろ」

大きいその手は……小さい美嘉の手を包み込んでくれている。

手をつなぎ合ったまま家に帰り、ご飯を食べ終え、まったりとした時間を過ごしていると、ヒロは何やらカバンから何かを探し始めた。

そして取り出したのはインスタントカメラ。

「写真撮ろうぜ！」

慣れた手つきで自然に美嘉の肩に手を回すヒロ。

その瞬間、まぶしいフラッシュが二人を照らす。写真を撮り終え離れようとしたその時……。

チュッッ。

柔らかい感触。ほっぺにヒロの唇が軽く触れた。

……!?!?

何が起きたのかわからずヒロからバッと離れて距離を保ち、唇が触れたほっぺに手を当てる。

「嫌だよな。ごめんな」

悲しげなヒロの表情は、逃げた事に大きな後悔を感じさせた。

「嫌とかじゃなくて……びっくりしたの!!」

「だよな。ごめんな。俺、美嘉の事、好きかもしんねぇ」

「……えっ⁇」

「キスしてもいいか？」

キス⁇　まだ付き合ってるわけじゃないのにするの⁇

……まさか体目当てじゃないよね⁇

でもこの時は体目当てとかよりも、キスを拒んでヒロに嫌われる方が怖かったんだ。

だから……。

「いい……よ」

ヒロは美嘉の肩をそっと抱き寄せ、再びほっぺに軽いキスをした。

唇はゆっくりと移動し……そして二人の唇がそっと重なり合う。

これがヒロとの、初めてのキスだった。

何度も繰り返し……ヒロの優しく熱い舌が入ってくる。

しばらくして、ヒロは美嘉をお姫様だっこし、ベッドまで運んだ。

ベッドの上に寝かされ、ヒロの唇が美嘉の首元をはう。

「やぁ〜くすぐったいよぉ!!　アハハ」

……不安、怖い。

緊張をまぎらわすために、わざとらしく笑う美嘉を見て、ヒロは手の甲に唇を当て心配そうな顔をした。

「美嘉……震えてんの？　もしかして初めてか？」

いくらごまかしても体は正直だ。体はいつの間にか小刻みに震えてしまっている。

もし初めてで経験がないって事がヒロにバレたら嫌われちゃうかもしれない。

昔なんかの雑誌で読んだことがある。

〝男にとって、経験がない女は面倒で嫌われる〟って。

きっとヒロもそうでしょ？

不安そうな美嘉をよそに、ヒロは無邪気な顔で突然、美嘉のわき腹を両手でくすぐり始めた。

「くすぐったい〜やめてぇ!!」

手を押さえて抵抗する美嘉を抱き起こし、強い力で抱きしめるヒロ。

「……俺でいいのか？」

笑ったお陰で不安も少しだけ消えた。と言うより、ヒロが不安を消してくれたんだ。

……静かにうなずく美嘉。

ヒロとなら……いいよ。

「大丈夫、怖くねぇから。優しくするから……」

ヒロはそう言うと、再び優しくキスをした。

ヒロは初めての美嘉を優しく抱いてくれたよね。

それはまるで、気持ちが通じ合ったのかと錯覚してしまうくらいに……。

一つになる時、痛くて怖くて泣きそうになっている美嘉の手をずっと握りしめていてくれたよね。

「怖くねぇから……嫌だったら言えよ？　ちゃんとやめるから」

ヒロの声と優しい目が、安心をくれたんだよ。

〝好きだよ〟

勘違いかもしれないけど、そう言ってくれてる気がしたんだ。

少しは近づくことができたかな。


好きな人の腕枕で寝る……甘く幸せな時間。

そして、ついさっきの夢のような時間を思い返していた。

初めて触れた男の人の体はとても大きく、とても温かくそして心地良かった。

ヒロと一つになれてね、すごくうれしかった。

後悔なんてしてない。

だけど……。

だけど……。
一つになった時、違う女の人の名前を呼んだ事。
気のせいだよね？　聞き間違いだよね……⁇
♪プルルルル♪
静かな部屋にヒロのＰＨＳの着信音が響いた。
「出ていいか？」
「……うん」
腕枕をはずして、ベッドの下に落ちていたＹシャツを羽織る。
『もしもし、咲《さき》か？』
……咲。一つになった時にヒロが呼んだ名前……その名前は実在した。
急激に高まる不安。
違う女の人の名前を呼んだのは、気のせいじゃなかったんだ。
『俺？　いや。おぉー咲は？　そっか。じゃあまたな』
……ねぇ、もしかして咲って彼女⁇　まだ別れてないの⁇
どんどんわき上がる疑問。信じたいけど、でも……。
勇気を振りしぼって電話を終えたヒロに聞いてみる。
「ヒロ、まだ彼女いるとかじゃないよね……⁇」

「いきなりどうした？」

……心なしかヒロが少し動揺して見える。

「だって、さっき美嘉の事、咲って呼んだよ？　咲って今電話来た人だよね……⁇」

ヒロからの返事がない。

「ねぇ、正直に言って⁇」

ため息をつきながら下を向くヒロ。美嘉はヒロの口から出る言葉を聞くのが怖くなった。

「……別れてない。嘘ついてごめんな」

やっぱりヒロにはまだ彼女がいた。別れてなかった。嘘ついてたんだ。

じゃあなんでキスしたの⁇　抱いたの⁇

これじゃあ、ただの都合のいい女じゃん。

美嘉の目からは涙がぽろぽろと流れ落ちた。

悲しみ、悔しさ、怒り……様々な感情が入り交じった複雑な涙。

何も言わずにヒロは指で美嘉の涙をぬぐう。

美嘉はそんなヒロの顔を見る事ができなかった。

「……帰るね」

急いで制服を羽織り、逃げるようにして家を飛び出た。

ヒロに遊ぼうって言われてすごくうれしかったよ。

二人乗りして、手つないで、キスして、一つになって……幸せだった。

でも好きなのは……美嘉だけだったんだ。

それからしばらくはヒロと会う事もなく、連絡すらとらなくなった。

彼女からヒロを奪う勇気なんてあるはずもなく、距離を置いて忘れる事が精一杯だった。

しかし時間とは不思議なもので、時がたつにつれ〝別に友達でもいいや〟と思えるようになり、返していなかったメールもそっけなくだけれど返すようになった。

ある日の放課後、美嘉はアヤと街へくり出した。

「美嘉と街で遊ぶの久しぶり～！」

「んだんだぁ♪」

二人で笑いながら歩いていた時……。

「あれ？　ノゾムとヒロ君じゃ～ん！」

そう言って、引き止める暇なく二人のもとへ駆け寄るアヤ。

三人は楽しげに会話をして盛り上がっている。

美嘉は三人と微妙な距離を保ち、会話に入らずアヤの後ろでＰＨＳをいじっていた。

「じゃあ～あたし達ちょっと向こう行くね♪」

「え⁉　ちょっと待ってよ‼」

二人仲良くどこかへ消えていくアヤとノゾム。

気をつかったのか、それともただ単に二人の時間が欲しかったのか。

残された美嘉とヒロは気まずい雰囲気のまま、近くの大きい公園へと向かう。

「最近どうよ？」

「へっ？　何が⁇」

突然のヒロからの問いに突拍子もない声をあげる美嘉。

「恋してんのか？」

「して……たけど、今はしてないかなぁ～‼」

「どんな奴に恋してたの？」

「最低だけど～……いい男かなぁ⁇　美嘉にとってはねっ‼」

「美嘉に好かれる男は～うらやましいな」

……何それ。もしかしてヒロは美嘉の気持ちに気づいてなかったの⁇

「ヒロ彼女いるでしょ！　美嘉なんて独り身だよ～あ～寂しい～！」

「俺、もう別れたこし」

別れたなんてどうせまた嘘だよ。

そう思ったので美嘉はわざと聞こえないフリをした。

……もう期待して裏切られたくない。

ひんやりとした夜風に二人の体が小刻みに震える。

「おいで？」

手招きをするヒロに仕方なくおずおずと近づく美嘉。

ヒロは美嘉の後ろに回り、制服のブレザーを美嘉の体に巻きつけると強く抱きしめた。

「あったけ〜な。ずっとこうしてたいな」

「うん……あったかい」

離れたいけど離れたくない、微妙な気持ち。

友達でいいと思っていたはずなのに、なんでこんなに胸が苦しいんだろう。

この時、決心した。もうヒロとは連絡を取らないと。

せっかくあきらめたのに、また好きになって傷つきたくはないから……。

その日を境に、メールは返さず電話にも出なくなった。

ヒロが教室まで会いに来る事もあったけど……露骨に避け続けた。

それでも何日も何日もヒロからの電話やメールはやまない。

「美嘉はヒロ君の事どう思う〜？」

ヒロとの関係を絶ってからしばらくたったある日の朝、ニヤニヤと不敵な笑みを浮かべながら美嘉を教室の隅っこに呼び出したのはアヤだ。

「どーもこーも彼女いるし!!」

ヒロの彼女の話はうんざりだよ。

「ノゾムから聞いたけど～別れたらしいよ♪」

「……へっ⁇」

「本気で好きな子出来たから別れたって♪　マジで好きみたい!!　誰だと思う……？　美嘉だよ。美嘉♪」

あきらめたはずの心はアヤの言葉によっていとも簡単に揺れ動く……なんてゆるい決意。

そしてアヤは続けた。

「ヒロ君が美嘉ときちんと話したいから、今日の放課後図書室で待ってるって！」

「……わかったぁ」


キーンコーンカーンコーン。

今日最後の授業の終わりを告げるチャイムが教室に響く。

教科書をカバンにしまっていると、後ろから誰かに肩をたたかれたので振り向いた。

「美〜嘉♪」

……アヤだ。

「頑張ってね♪　あたしも今日ノゾムに告るから。絶対付き合ってみせる！　夜、電話ちょうだいね！」

早口で一方的にそう言い、ウインクをして去っていくアヤ。

アヤ、ノゾムに告白するんだ。あ〜なんかこっちまで緊張する。

手に汗かきながら図書室へ向かい、唇をかみしめながらドアを開けた。

ガラガラッ。

だるそうに床に座っているヒロ。

「よう〜」

「……ども」

「久しぶりだな。メールとかシカトしやがって」

「……ごめん」

長い沈黙が続く。

ヒロは気まずい雰囲気をかき消そうとするかのように、口を開いた。

「こないだ……悪かった」

突然、彼が発した言葉。わけがわからない。

「何が⁇」

「俺んちで遊んだ時、あんなすぐ手出して……嫌だったよな。ごめん。俺、最低だな……」

「あの時はヒロの事好きだったから……ただ、彼女いたのはショックだったけど。嫌じゃなかったよ‼」

「今は？　嫌いか？」

「今は……少し信用できない」

「俺マジで別れた。信用してもらえるよう頑張っから。俺、美嘉が好きだ……付き合ってほしい」

返事は決まってる。考えなくても……とっくに決まってるんだ。

「……うん」

あと一回。あと一回だけ信じてみるよ。ヒロの気持ちを受け入れる事にした。

心のどこかで、その言葉を待っていたのかもしれないね。

「これからはメール返せよ！」

ヒロは目を細めて微笑み、美嘉の頭を強くなでた。

ヒロに初めて会った時は、まさか付き合う事になるなんて、これっぽっちも思っていなかったよ。

きっとこの日、この時から、美嘉の人生は……変わってしまったのだろう。

美嘉がこれから過ごすはずだった平凡な人生は、幕を閉じたんだ。


家に帰り、さっそくアヤに報告の電話をかける。

アヤも予告通りノゾムに告白をして成功し、付き合う事になったらしい。

同じ日に彼氏が出来た二人は、寝るのも忘れて朝まで盛り上がった。


――この日から二人の付き合いは始まったんだ――


ヒロと美嘉は別のクラスだけど、休み時間になると廊下で待ち合わせをして毎日のように会っていた。

あまりにイチャイチャしすぎて先生に怒られた事もあった……。

アヤとノゾムカップルとWデートをしたり、毎日が新鮮で毎日が楽しくて仕方がなかった。


しかし……思いがけない事件が起きた。

傷跡を消し去る涙

日曜日の夕方。これからヒロと遊ぶ予定。

思ったより早く用意ができたので、ヒロの家に向かうため、予定より一本早いバスに乗った。

案の定、着いてもバス停にヒロの姿はない。

早く行ってヒロを驚かせよう。

……そう考えた美嘉は、歩いてヒロの家へと向かおうと近道を通り、人通りが少ない薄暗い道を歩いていく。

その時……背後から来た車のドアが開き、それと同時に誰かが走ってくる音が聞こえた。

ボコッ。

鈍い音と同時に頭に激痛が走る。そして景色が一瞬揺れ、視界が真っ白になった。

もうろうとした意識の中、抵抗する間もなく腕を引っ張られ、スモークがかかった白いワゴン車に連れ込まれる。

……頭がくらくらする……痛い……何コレ？

生ぬるく赤黒い何かが額をゆっくり流れ落ちた。

タバコ臭い車内で、美嘉の手足を強い力で押さえ、洋服を乱暴にはぎ取る見覚えのない四人の男。

……レイプ。これはレイプだ。

迫りくる恐怖の中……自分がレイプされているという事実だけは把握できる。

「……やっ……」

自然と出てしまう甲高い叫び声。

その声にあせったのか、一人の男が美嘉の口を手のひらで強くふさいだ。

「てめー静かにしねぇと生きて帰さねぇぞ！」

男は不気味に微笑んでいる。

……でも、焦点の合っていない目だけは笑っていない。

男は笑みを浮かべながら、美嘉の顔や腹をひたすら殴り続けた。

助けて、たすけて、タスケテ……。

♪プルルルル♪

その時ポケットの中から車内に響いたＰＨＳの着信音。

この着信音は……ヒロだ。遅いから心配して電話くれたんだ。

電話に出れば、きっとヒロが助けに来てくれるだろう。

一瞬だけそんな望みを思い浮かべたが、二人の男に手足を押さえられてしまっているために身動きがとれない。

ヒロからの着信音は悲しく鳴り響き、小さな望みはいともあっさりと絶たれてしまった。

抵抗したらもっと殴られる……いや、殺されるかもしれない。

先の見えない恐怖と悲しみの中、唇をかみしめじっと耐えるのが精一杯だった。

ヒロと初めて一つになった日……すごく優しく抱いてくれたよね。

なんでこんな時にこんな事思い出してんだろうね……悔しくて涙が止まらない。

突然ピカッと、目を閉じてしまうくらいまぶしい光に照らされた。

もしかして助けが来てくれた⁇

そんな淡い期待さえもすぐに砕かれてしまった。

ニヤニヤしながら耳元で男がつぶやく。

「てめぇチクったらわかってるよな？　今撮ってる写真ばらまくからな」

体がぶるっと身震いする。

さっきの光は助けなんかじゃない。そう、カメラのフラッシュだったんだ。

「こんなんでいいだろ」

男達は笑いながら意味深な言葉を発し、そしてその言葉を合図に車が動き始めた。

それから車は十分くらい走り続け、男達は知らない場所で美嘉を車から投げ捨てた。

道路の上で途方に暮れる美嘉はそんな状況なのになぜか気持ちは冷静で、震える指で走り去る車のナンバーをＰＨＳにメモする。

薄暗い場所が怖い。どこか明るい場所に行きたい。

……そう思って明かりを求めて、近くのコンビニへと歩き始めたが、途中で足を止めた。

……ボロボロに破かれた洋服に、殴られてはれた顔。

時間がたって固まってしまった血のかたまり。

とてもじゃないけど、人前に出られるような姿ではない。

それでも暗い場所が怖かったので、美嘉はかろうじてぼんやりついている外灯の下にあった白いベンチに横たわった。

あれからずっと鳴り続けている着信音。ヒロ……今すぐヒロの声が聞きたいんだよ。

『……もしもし』

『美嘉どうした？　今どこだよ？』

『……わかんない』

『わかんないってどうしたんだよ！　泣いてんのか？　今どこにいんの？　言えよ』

『どっかのコンビニの裏にあるベンチ……』

『近くに何かある？』

『大きいパチンコ屋さんがある……』

『今から行くからそこにいろ』

そして電話はヒロによって一方的に切られてしまった。

ベンチに横になって見上げた星は、涙でにじんで見える。

目を閉じてヒロのぬくもりを一生懸命思い出そうとしても、今はさっきの出来事が鮮明によみがえってくるだけ。


それからしばらく経《た》ち……。

キキーッ。

少し遠くで聞き慣れた自転車のブレーキ音が聞こえた。

体を起こすと、そこには美嘉の姿を見て驚きを隠しきれないヒロの姿。

ヒロは自転車を勢いよく投げ捨てると、美嘉の元へ駆け寄り強い力で抱きしめた。

ヒロが来てくれた安心感からか、それとも罪悪感からか……。

子供みたいに声を出して泣きわめく。

「守ってやれなくてごめん……」

ヒロの怒りと悲しみが体中にひしひしと伝わってくる。

ヒロは悪くないよ⁇　悪いのは隙があった美嘉だよ。

ヒロ、美嘉汚れちゃった。ヒロじゃない男に……たくさんの男に……。

「……落ち着いたか？」

ヒロの胸の中で一時間ほど泣き続け、落ち着いてきた頃にヒロは美嘉にそっと問いかけた。

「うん……落ち着いた」

顔を上げると、目の前にはまっすぐ前を見つめているヒロ。

その表情はどこか悔しげだった。

「俺んち行くぞ。このまま帰せねぇから」

「うん……でも美嘉のいる所なんでわかったの⁇」

「俺の愛の力だな！」

フフッと笑うヒロの笑顔の裏に悲しさが見え隠れする。

わかってるよ、無理……してるよね。

ヒロはそれ以上、詳しくは聞いてこなかった。

でも何があったかきっとわかってる。

自転車はヒロの家に到着。

「俺の部屋に入って待ってて」

「おじゃまします……」

美嘉は小声でそうつぶやくとヒロの部屋に入り、床にちょこんと座り込んだ。

乱れた洋服を整えて混乱している頭を抱え、呆然《ぼうぜん》としていると……。

「美嘉ちゃん！」

背後から名前を呼ぶ声に体が硬直し、恐る恐る後ろを振り返った。

「……ミナコさん」

ミナコさんとはヒロのお姉さんの名前だ。

四つ上で、レディースの総長をしているともっぱらの噂《うわさ》だ。

最初に会った時はかなり怖い印象だったけれど、家に遊びに来るたび仲良くしてもらって、今じゃ悩みを聞いてもらったりメールや電話で連絡を取り合ったりするほどの仲で、美嘉にとっても本当のお姉さんのような存在だった。

「びっくりさせてごめんね。弘樹から聞いた……つらかったね。あたしも似たような経験あるし、女同士のほうが話しやすいよね？」

言葉を返すことができずにうつむく美嘉。

「あ、無理して話さなくてもいいよ。話せるようになったら話して？　そいつらの特徴とか、車の種類とか。あたしも昔それで犯人見つけ出したからさ。美嘉ちゃん傷つけた犯人、あたしと弘樹で必ず見つけ出してあげっから！」

ミナコさんの言葉を信じ、美嘉は目を強く閉じてＰＨＳを手に取る。

そしてさっきの出来事を思い返しながら、犯人について詳しく説明をした。

「白で窓にスモークがかかったワゴン車に、ナンバーは〜。四人の男で十代か二十代……一人は前歯が欠けてた……」

すべてを説明し終えるとミナコさんは「あとはまかせろ」とだけ言い、洋服を貸してくれ、幸い軽かった傷を手当てしてくれた。

そして帰り道……自転車の後ろ座席で美嘉はヒロの背中にしがみつく。

二人の間には重い空気が流れ、会話はない。

美嘉はヒロに対するたのもしい気持ちで胸がいっぱいだった。

どこかもわからない場所を捜し当ててくれて、自転車を投げ捨てて、走ってきて抱きしめてくれた。

あの時ヒロが美嘉に大きな安心をくれたんだよ。

ヒロの背中からはトクントクンと優しい音が聞こえる。

その音に耳を澄ませながら、彼は美嘉にとって必要な存在であると……改めて実感していた。

しばらくして家の前に到着し、ヒロが差し出した手につかまり自転車から降りる。

「ありがとう。じゃあまた明日ね……」

下を向いたまま帰ろうと背を向けたその時……。

「……待てよ」

美嘉の腕を力強く握り、引き止めるヒロ。

二人の関係の終わりを予感させる……そんな雰囲気。

もうヒロとはダメなの⁇　終わりなの⁇

「……ごめんね」

美嘉の口から自然に出た言葉。するとヒロは美嘉の肩を両手でぐいっとつかんだ。

「謝ってんじゃねぇよ。俺、美嘉と終わる気ねぇから。こんな事って言ったら言い方悪いけど、好きな気持ち変わってないから。これからは俺が美嘉を絶対守るし、今日の事なんて忘れさせてやっから。犯人捜して、ぶっつぶしてやる」

偽りのないヒロのまっすぐな瞳に、美嘉の目からは涙がぽろぽろとあふれる。

さっきの涙とは違って今度はうれし涙だった。

ヒロ、本当に本当にありがとう。

ただいまも言わず部屋に直行し、すばやく布団に潜り込む。

眠れる訳がない。目を閉じるとあの光景が嫌でもよみがえってくるから。

それから何度も恐怖が襲いかかり、体はがたがたと震えるばかりで結局一睡もせずに朝を迎えた。

「……行ってきます」

転んでしまったと嘘をつき、痛々しい傷を隠すため目と口の横にバンソウコウを貼り玄関を出ると、そこにはヒロが立っていた。

「え……どうしたの?? こんな朝早くに……」

「迎えにきたんだよ！」

「え……なんで??」

「いいから早く乗れ」

ヒロは美嘉のおでこに軽くキスをすると、いつものように体を持ち上げて後ろ座席に乗せた。

「つかまってろ、落ちんなよ？」

ヒロの家から美嘉の家までは自転車で一時間以上はかかる距離だ。

ただでさえ学校に行くから早く起きなきゃならないのに……ヒロは何時に起きたのか

な⁉

きっと昨日の事を心配してくれたんだ、優しいんだね。

教室に着くと美嘉の顔の傷を見て開いた口がふさがらない様子のアヤとユカ。

「「どうしたの？　大丈夫⁉」」

「転んだだけだから大丈夫だよっ‼」

声をそろえて心配する二人に、美嘉は心配かけないよう明るく振る舞って嘘をついた。

ヒロはそれ以来毎日学校から家までを送り迎えしてくれた。

少しずつ、ほんの少しずつだけれど心の傷が消えていくのがわかる……。

あのおぞましい事件以来、ヒロとはキスしかしていない。

きっと気をつかってくれているのだろう。

確かにまだ少し怖い気持ちがあるから、ヒロの優しい気持ちはすごくうれしかった。

でもね、ちょっと不安になる時もある。

〝美嘉の体は汚い〟と思ってるんじゃないかって……不安になるよ。

一歩踏み出すきっかけがないと一生ヒロに我慢させてしまう事になるかもしれないし、この先ずっとヒロのぬくもりを感じられなくなりそうで怖い。

汚くないって……美嘉の体はヒロだけのだよって証明が欲しい。

勇気を出して、ヒロの家で遊んでいる時に聞いてみる事にした。

「ねぇ～ヒロはしたいとか思わないの……??」

唐突かつ大胆な質問。

「何を？」

「……エッチだよっ!!」

飲んでいたお茶を噴き出し大げさにむせかえるヒロ。

「は？　いきなり何だよ！」

「……まじめな話だもん!!」

「う～ん、そりゃあしてぇけど美嘉がしたいって思える日まで待つ」

「正直に言うと、ヒロが美嘉の体を汚いと思ってるのかなぁって不安なの。だから……」

ヒロは美嘉の言葉を最後まで聞くと、頭を自分の胸へと引き寄せた。

「ばーか！　おまえ俺がそんな男だと思ってたの？」

美嘉の体を持ち上げてベッドまで運び、体をそっと倒す。

「怖くなったら言えよ？　無理すんな。俺が美嘉の嫌な事、全部忘れさせてやるから。傷消してやるから安心しろ」

二人の唇が近づいた時、美嘉の体は一瞬だけけいれんした。
怖い……怖いよ。本当はまだすごく怖いよ。
あの日から薄暗い夜道も、白いワゴン車も、タバコのにおいも、体に触れられること
も、男って生き物でさえも怖くなった。
でもね、ヒロだけは違う。ヒロなら深い傷でも優しく包み込んでくれると思った。
だから……託した。
「無理すんなよ？」
そう言って何度もやめるヒロ、そのたびに首を横に振る美嘉。
あせってるわけでも、無理してるわけでもない。
真っ暗闇に照らされた小さな光を……大好きな人を信じてみたい。
時には怖さを乗り越える勇気も大切だと思うから。
二人はゆっくり時間をかけて一つになった。
そう、初めての時よりもずっと優しく……柔らかく。
「俺が一生美嘉を守る」
からみ合う指先……。
その言葉が今の美嘉にとって一番の傷薬なんだよ。
ヒロの額から流れる汗が美嘉の頬にポタリと落ち、その雫《しずく》はまるで涙のようだった。

あの日の傷が癒える事は一生ない。そして傷口がきれいに治る事はない。

でもヒロがくれた言葉によって、開きかけた傷口はゆっくりとふさがれ、そして消毒されていった……。


ヒロと別れ家に帰り、ベッドの上でうとうとしていた時……。

♪プルルルル♪

着信：ヒロ
ヒロからの電話の着信音で目が覚めた。

この電話によって衝撃の事実が判明する事になる。

『あい……』

半分寝ぼけたまま電話を取る美嘉。

『……犯人見つかった』

『ふぇ……犯人……⁇』

『おまえをレイプした犯人見つかった！』

いつもより興奮気味なヒロの声と驚きの内容に、美嘉は寝ていた体を起こし、近くにあったうさぎのぬいぐるみを握りしめた。

『え……マジで⁇』

『おぅ、マジ。姉貴とそのダチに協力してもらって見つかった。美嘉が車のナンバー見たからそれが決め手で！』

『マ……ジなの⁇』

犯人が見つかった。その事実は喜んでいいのだろうか。

……そういえば写真撮られたんだ。

『ヒロ……写真撮られた‼　チクッたらばらまくって言われた‼』

あわてた美嘉の言葉に、興奮気味だったヒロは静かになり、いつもよりもさらに低い声で答えた。

『はぁ？　マジかよ。マジでそいつらぶっ殺す。俺が写真奪ってやるから。明日会えるか？』

『うん……』

『明日の朝行くから』

そうして電話は切れてしまった。

犯人が見つかった。

電話を握りしめたまま、震えが止まらなかった。

緊張と不安のせいか一睡もしないまま朝を迎える。

学校を休み、迎えにきてくれたヒロとともに家へ向かった。

「おじゃまします……」

「美嘉ちゃんいらっしゃい！」

……ミナコさんだ。

「犯人見つかったよ。今からそいつらここに呼ぶけど……大丈夫？　やっぱ最低な事をして傷つけられたわけだし、ケジメつけさせたいから」

何も言わずに深くうなずく美嘉。

これから……犯人に会うんだ。

犯人に会うの、本当は少し怖い。

でも反省してほしい。二度と同じ事を繰り返してほしくないから。

ヒロと手を握り合い、部屋でじっとその時を待つ。

「俺がいるから大丈夫、おまえは何も心配すんな」

ヒロは美嘉を安心させるため何度も優しく声をかけてくれた。

その時……玄関のドアが開く激しい音とともに聞こえたのは、ミナコさんとその友達らしき人の叫ぶような声。

「てめぇらタラタラしてんじゃねーよ。早く謝れよコラァ！」

こっちへ向かう足音が徐々に近づいてくる。

……犯人が来る。ヒロの手を折れるくらい強く握った。

キイィ。

部屋のドアが開き、ぞろぞろと人が入ってくる。

美嘉の体は一瞬にして硬直し……同時に鳥肌がたった。

何度も夢に出てきたこの顔ぶれも、きついタバコのにおいも、間違いなくあの四人だ。

あの日の記憶がよみがえり意識が飛びかけた時、ヒロが手をぎゅっと握り返した事で美嘉は我を取り戻した。

「こいつらだよね？」

ミナコさんの問いに何度もうなずく美嘉。

その瞬間、ヒロがものすごい剣幕で立ち上がり、一番端にいた男をにらみ、胸ぐらをつかんで叫んだ。

「てめぇが犯人か！　てめぇ俺の女って知っててヤったんか？」

え……何⁇　ヒロは何を言ってるの⁇

「はぁ？　弘樹の知り合い？　意味わかんねぇ。説明してくんねぇ？」

眉間にシワを寄せてヒロに問いかけるミナコさん。

「こいつ俺の知り合いだわ」

ヒロは胸元をつかんだ男を強くにらむ。

「なんで弘樹の知り合いが美嘉ちゃんをレイプしたんだよ？」

「俺にもわかんねーよ。てめぇ説明しろやコラ！」

胸ぐらをつかまれている男がおびえた表情で口を開いた。

「咲さんに頼まれたんだよ……」

……咲さんに頼まれた⁇

「咲って弘樹の元カノだよな？」

まるで威嚇するかのような口調でヒロを問うミナコさん。

「おぉ。つーか咲がなんだよ？　てめぇ詳しく言えや」

ヒロの怒鳴り声に、再び男が恐怖で裏返る声で話し始めた。

「咲さんに〝嫌いな女いるから、その女レイプして写真撮ったら金やる〟って言われて……だからその女をヤった」

そう言ってその男が美嘉を指差した瞬間、ヒロの拳は男の顔面に直撃し、男は口から血を流して床に倒れた。

その光景を見て横に並んでいた三人の男が必死に謝る。

「ごめんなさい。許してくださ……」

「は？　聞こえねぇ」

三人を順番に壁に押さえつけて殴り、美嘉に向かって土下座させて頭を踏みつけるヒロ。

　全員が床に倒れたところでミナコさんが四人の男を家の外に出した。

「弘樹、あたしと美嘉ちゃんに詳しく説明しな」

　部屋に戻り指の骨を鳴らしながらヒロをにらむミナコさん。

「でも……ヒロ、彼女とちゃんと別れたんだよね⁉」

　美嘉は苦笑いをしながらヒロの顔をのぞき込むと、ヒロは目をそらしながら話し始めた。

「俺は別れようって言った。でもあいつが嫌だって言うんだよ」

　その時美嘉の頭の中に一つの疑問が生まれた。

「美嘉ってヒロの元カノに会ったことないよね？　なんで元カノは美嘉の顔知ってるの⁉」

　顔を上げ今度は美嘉の目を見つめながら答えるヒロ。

「実は美嘉と付き合い初めてから一回咲と会った。っつーか家の前にいたんだ。そん時、美嘉のプリクラくれたらあきらめるって言われたから一枚やったんだ……ごめん」

「おめぇ、謝って許される事じゃねーよ？」

　いらだって壁をけるミナコさん。

　その時、美嘉はある事を忘れた重大さに気づき、ヒロのそでを強くつかんだ。

「そう言えば写真……撮られた写真、奪ってない!!」

美嘉の取り乱した姿を見て、ミナコさんは冷静に答える。

「大丈夫。あいつらに聞いたら、フィルム入れてなかったって言ってたから安心して！

それより弘樹、咲だっけ？　そいつとは縁切りな」

ミナコさんを横目に、ヒロは美嘉に向かって頭を下げた。

「美嘉マジでごめんな。俺のせいで」

「うん……大丈夫」


家へ帰ってから、何回も何回もヒロからメールが届いた。

《ミカ、ゴメンナ》

美嘉をレイプした犯人はヒロの知り合いだった。

レイプして写真を撮ればお金がもらえる……美嘉の体には懸賞金がかけられていたんだ。

しかもそれを提案したのは、ヒロの元カノ。

すごく悔しいよ。

苦しい、痛い、悲しい。

どうしてそんな理由で一生の傷を背負わなきゃならないの??　そんなの間違ってるよ。

犯人が誰かも判明したし謝ってもらう事もできた。

だけどもやもやした気持ちは消えない。

写真は⁇　フィルムは本当に入ってなかったの⁇

だってフラッシュ光ったんだよ⁇

なんで美嘉はヒロの元カノに嫌われてるの⁇

ねぇ、これって本当に解決したのかな。本当にこのまま終わるのかな。

美嘉は同じ人間で同じ女という生き物なのに、平気で人を傷つけられるヒロの元カノが怖く、そして憎くて仕方がなかった。

せっかく治りかけていた傷が、再びズキズキと痛み始める。

たとえ治ったとしても……一生この傷跡は残るだろう。


どんなに落ち込んでいても、学校には行かなければならない。

「美嘉おっはよ〜！」

左右から抱きついてきたのはアヤとユカだ。

「あっ……おはよ♪」

無理やり笑顔を作り、席に戻ろうとした時……。

「よっ！　元気か？」

後ろから聞き慣れない声。振り向くと、そこにいたのは同じクラスのタツヤだ。

タツヤはどちらかと言えばまじめで爽やかな体育会系。

そこまで仲良くもなく、あいさつを交わす程度の仲だ。

「えっ……元気だし!!」

「元気が一番だな！」

タツヤはそう言って微笑むと、席に戻っていった。

ヒロと美嘉が付き合っている事は学校内でも有名だ。

なぜならヒロは学年でもひときわ目立つ存在だし、よく廊下でイチャイチャしたりもしていたから。

ヒロはヤキモチ焼きなので、美嘉が男と話すとすぐに嫉妬する。

ヒロににらまれるからと言って、話しかけてくる男は次第に減り、美嘉には男友達という存在が極端に少なかった。

だからタツヤに声をかけられたのはかなり驚きだ。


その日の授業中……前の席であるアヤが突然振り向き、小さい紙を差し出してきた。

「何これ⁇」

「なんかねー前から手紙回ってきたよ♪　誰かは不明だけど美嘉あてだってぇ！」

手紙⁉　誰からだろう。

先生の目を気にしながら机の下に隠して手紙を開く。

【美嘉へ。タツヤだよ！　良かったらメールか電話ちょうだい。07051**53** だから！】

手紙にはＰＨＳの番号が書かれている。

顔を上げた時、偶然にもタツヤと目が合い、彼は舌を出して笑っていた。

バレたらヒロに怒られるだろう。

でも友達だし、いいよね⁉　本来なら断るべきだけど……。

昨日ヒロが元カノと会ったと聞いて、連絡くらいなら……って仕返しみたいな気持ちもあり、軽い気持ちでタツヤと連絡を取ることにした。


その後も、相変わらずヒロとはうまくいっていた。

さすがに休み時間のたびに会う事はなくなったけど、暇が出来たら遊んだりしていたし、送り迎えも変わらずしてくれていた。

友達ともたくさん遊んで、あの事件も忘れようと努力していたある日の朝……。

♪プルルルル♪

目覚ましより先にＰＨＳの着信音で起こされる。着信相手は非通知だ。

……誰だろう⁉　とりあえず出てみよう。

『もしもーし？』
『ブス！』
ガチャ、プープープー。
切れた……知らない女の声だ。誰⁇
♪プルルル♪
またもや非通知からの着信。
『もしもーし？』
『チビ！』
ガチャ、プープープー。
また切られた。イタズラかなぁ⁇
今日は厄日かもしれない。そう思ってPHSの電源を切ろうとしたまさにその時……。
♪ピロリンピロリン♪
今度はメールだ。嫌な予感がしながらも受信BOXを開く。
《シネシネシネシネ》
……知らない番号からだ。誰なの⁇　何なの⁇
その知らない番号にメールを返信してみる事にした。
《ダレデスカ？》

しかし返事はいっこうに来る気配はない。
結局その日返事が来る事はなかった。
もしかしたらただの間違いかも……そんなふうに思い始めていた次の日、再び例の知らない番号からメールが届いた。
《ハヤクワカレロ》
別れろ……早く別れろ。別れろってヒロとだよね⁇
そんな事言うのってヒロの元カノくらいじゃない⁇
でもまさかヒロの元カノが、美嘉の番号を知ってるわけがない。
《ダカラダレ？》
そっけなく返信をし、ＰＨＳを強く握りしめる。返事は意外とすぐに来た。
《ヒロノモトカノ》
……やっぱり。
《ナンデバンゴウシッテルノ？》
《ヒロニアッタトキシラベタ》
……ヒロに会った時調べた⁇　なんで⁇　ヒロ、すきありすぎだよ。
その日から毎日のようにヒロの元カノである咲から、嫌がらせのメールや電話が来るようになった。嫌がらせメールの内容は……。

《ワカレロ》《ブス》《シネ》《キモイ》《キエロ》

……毎日これのどれかの繰り返し。

たまに電話が来て仕方なく出ると、ヒロとの思い出話を長々と聞かされる。

『ヒロと初Hの時〜』だとか、『あそこにデート行って〜』だとか。

切っても切ってもかかってくる。電話に出なかったり電源を切ったりすれば、どこかに番号を載せられてしまいイタズラ電話が絶えない日もあった。

それは毎日毎日朝から夜まで続いたが、ヒロには相談できずにいた。

ヒロに心配かけたくない気持ちもあったし、もう元カノと関わってほしくない気持ちもあったから。

美嘉が我慢すればいつかおさまると……そう思っていたんだ。


しかし嫌がらせはいっこうにやむ気配はなく、聞きたくもないヒロとの思い出話や、ブス、死ねなどの中傷。

自分に自信をなくし精神的に病んでしまった美嘉は、入院をする事になってしまった。

胃がズキズキと痛み、繰り返し、繰り返し吐く。

おそらくストレスで胃がおかしくなってしまったのだろう。

入院した事は、中学校からの親友であるマナミにしか言わなかった。

ヒロや学校の友達には、風邪を引いてしまってしばらくの間は休むと嘘をついた。

入院中も、咲からのメールや電話が途絶える事はない。

電源を切っても、電話の着信音が鳴っているような気がする。

咲から聞いたヒロとの思い出話が想像となって頭の中を駆け巡り、嫉妬で狂ってしまいそうだった。

そんな状況の中で胃の痛みが治るはずもなく、入院は思っていたよりも長引いた。

つらくてつらくて……どうしようもない。

何も考えずに楽になりたい。どうすれば楽になれる⁇

見舞いに来た親が病室から出ていくのを確認し、近くにあった果物ナイフを手に取る。

楽になりたい。楽になりたいよ。今すぐ楽になりたいんだよ。

ナイフの先を手首にそっと当て、ゆっくりと切り始めた時……。

「……何やってんの！」

偶然、親とすれ違いでお見舞いに来てくれたマナミがベッドに駆け寄り、美嘉の持っていたナイフを強く床に投げつけた。

「美嘉が死んだら悲しむ人はたくさんいるよ⁉　あたしも美嘉が死んだら悲しくて生きてけないよ……」

マナミは美嘉の体を強く抱きしめて一緒に泣いてくれた。

手首からポタリと流れ落ちる赤黒い血は、レイプされたあのつらい日を……「俺が一生美嘉を守る」そう言ってくれたヒロの言葉を思い出させる。

つらいけど、苦しいけど、マナミのように一緒に泣いてくれる人がいて、ヒロのように守ってくれる人がいる限り、美嘉は頑張って生きてみるよ。

もしかしたら本当は……死にたくなんてなかったのかもしれない。

これぐらいつらいんだよって誰かに知ってもらいたかっただけなのかもしれないね。

傷は思ったより浅く、マナミはコンビニで買ってきてくれた消毒液と包帯で手当てをしてくれた。

「傷これで隠しなよ。もう二度とするんじゃないよ！」

そう言って手渡してくれたのは、真っ白のリストバンド。

マナミがいてくれて本当に良かったよ。助けてくれて本当にありがとう。

何日か後、無事退院する事ができた。

相変わらず咲からの嫌がらせメールや電話はやまないけど、不思議なことに前ほど辛《つら》さは感じなくなった。

でも、白いリストバンドは今もまだはずせないまま……。

久しぶりの学校では友達もヒロもすごく心配をしてくれた。

休み時間に一人で窓の外を見つめていた時……。

「今ちょっといいか？」

横から声をかけてきたのはタツヤだ。

以前、連絡先を交換してからメールや電話はしていたけど、直接話すのはかなり久しぶり。

男と話してる場面をヒロに見られたら怒られてしまう……と、とっさに辺りを見回していると、その行動に気づいたタツヤは小声でつぶやいた。

「見られないように音楽室で話そう？」

タツヤが教室から出ていったのを確認すると、美嘉はヒロに見られていないかを気にしながら音楽室へと向かった。

音楽室にはすでにタツヤの姿。

ヒロ以外の男はまだ少しだけ怖いけど、タツヤはなぜか安心できる雰囲気を持っている相手だった。

「いきなりどうしたの⁇」

「美嘉痩せた？」

「そう⁇　サンキュ〜♪」

わざと明るく答える美嘉を見て露骨に心配そうな顔をするタツヤ。

「なんかさ〜無理して笑ってないか？」

「……無理してないよっ!!」

本当はすごく無理して笑ってる。でもそれを知られたくはない。

動揺を隠せない美嘉に、タツヤは鋭い質問を投げかけた。

「本当に風邪で休んでたの？」

「うん！　風邪だよ!!」

「じゃあその手首はどうしたの？」

美嘉からは笑顔が消え、そして言葉を失った。

どうして⁇　リストバンドをしてるからバレないと思ったのに。

「俺、気づいてたよ。左の手首……何があったの？　誰にも言わないから、話してみ？」

誰かに頼りたくて、誰かに話を聞いてほしかったんだ。

レイプ、元カノからの嫌がらせ、それが原因で胃を壊して入院した事。

手首を切って、友達が助けてくれた事すべてをタツヤに話した。

「苦しかったな……」

美嘉の話を聞き終えたタツヤはそう言うと窓のほうに歩き出し、そして窓に映ったタツヤは手で涙をぬぐっているようにも見えた。

……泣いてくれてるの⁇　ただの勘違いかな。

それからタツヤと急激に仲良くなり、彼からの提案でPHSを新しい機種に変える事にした。

PHSを新しくしたお陰で咲からの嫌がらせは途絶え、タツヤは休み時間になるたび、まるでヒロに見せつけるかのように、元気のない美嘉を笑わせて励ましてくれた。

美嘉にとってタツヤは、唯一心を許せる男友達になっていった。


ある日の休み時間教室でタツヤと楽しく会話をしていると、何やら視線を感じ、美嘉はゆっくりと顔を上げた。

視線の先には同じクラスのカズヤ。

カズヤは楽しそうな二人をまるで監視するかのように見ている。

彼はヒロと同じグループでよくつるんでいて、ヒロとは仲がいい。

そして彼は微妙に笑みを浮かべどこかへ走り去っていった。

嫌な予感を感じながらもそのままタツヤと話をしていたその時……。

険しい目つきで教室に向かってきたのは……ヒロだ。

おそらくカズヤがヒロに、タツヤと美嘉が仲良くしている事をわざわざ報告したのだろう。

ヒロは激しく教室のドアを開け、二人の元に近づく。

タツヤは待ってましたと言わんばかりに、美嘉をかばうようにしてヒロの前に立ち向かう。

教室の中心でにらみ合う二人。

……背が高いヒロはかなりの迫力だ。それに負けじとタツヤもにらみ返す。

クラス中は一瞬にして静まり返り、緊迫した空気に変わった。

「なに、人の女に手出してんだよ？」

重い空気を破り、先に口を開いたのはヒロだ。

「話してただけで手出した事になるのか？」

「人の女と話すんじゃねーよ」

「おまえにそんな事言う資格ないだろ！」

強気な口調のタツヤに、ヒロは驚きを隠せない様子。

「は？」

「おまえが美嘉を悩ませてんだろ」

「はぁ？　意味わかんねーし！」

美嘉はその状況を見るに耐えかねて、二人の間に割り込んだ。

「タツヤは悪くないよ!!　悪いのは美嘉だから……」

美嘉がタツヤをかばった事が気にくわなかったのか、ヒロの表情が変化した。

そして……。

「ふざけんな！」

バキッ……。

鈍い音をたて、ヒロの拳がタツヤの頬に直撃した。

タツヤは少しフラついたがすぐに体勢を戻し、ヒロの頬を殴り返しながら叫んだ。

「美嘉はおまえの元カノに嫌がらせされて傷ついてんだよ。悩んで死のうとしたんだよ！　おまえがちゃんと別れなかったからだろ！」

キーンコーンカーンコーン。

タイミングよく授業の始まりのチャイムが鳴る。

ヒロは床に唾を吐くと、上からタツヤをにらみ、教室から出ていった。

ヒロがいなくなったのを確認して、美嘉はタツヤの元に駆け寄る。

「タツヤ大丈夫!?　美嘉のせいでごめんね……」

タツヤは、はれた頬を手で押さえながらニカッと微笑んだ。

「これくらい余裕だから！」

その後の授業中、ヒロからメールが届いた。

《サッキノハナシマジナノ？》

送った返事はたったの一言。
《ウン》
ヒロからのメールは続けて来る。
《イヤガラセサレテンノ？》
頭の中がこんがらがっていたので、返事をしなかった。
授業が終わってPHSを見たら、返信していないはずなのに、ヒロからはまたメールが届いている。
《カエリハナソウ》

しかし、この日の帰りにヒロと話す事はできなかった。
なぜなら今日のケンカが先生の耳に入り、二人は一週間の停学。
タツヤが悩みを聞いてくれた事や、話しかけてくれたのがすごくうれしかったんだ。
美嘉にはあまり男友達がいないから、タツヤはとても貴重で大切な存在だった。
ヒロがヤキモチ焼きなのを知って、タツヤの優しさに甘え……。
そのせいでタツヤとヒロはケンカになり、停学という最悪な結果になってしまった。
停学期間中も、タツヤは美嘉とヒロの関係を心配してくれて、何度も連絡をくれた。
『ごめんね』と謝るとタツヤは『気にするな』って言って笑って許してくれたよね。

ヒロには元カノに嫌がらせをされていた事を正直に話した。

ヒロは『気づいてあげられなくてごめん』と何度も謝ってくれた。

美嘉が一人で解決してたらタツヤを巻き込んだりしなかったのにね……。


二人がケンカをしてから一週間が経過した。ヒロは登校しているのにタツヤはなぜか来ない。

聞いた話によるとタツヤは鼻の骨が折れてしまったみたいで、まだ学校には来る事ができないらしい。

そんな時、珍しく全校集会が行われた。

内容は〝一週間くらい前に校内の窓を割った人物がいて、その犯人を捜している。怒らないから、正直に名乗り出ろ〟だそうだ。

明らかに怒り気味の先生達をよそに、名乗り出る正直者なんているわけもなく、みんなはぞろぞろと教室へ戻っていった。

教室で白紙が一人一枚ずつ配られ、まじめな顔で話を始める担任。

「この中で窓を割ってしまったけど名乗り出れない人、犯人を知ってるけど言えないって人がいるかもしれない。だからこの紙に知ってる情報を書いてほしい。もし犯人がいるなら無記名でいいから名乗り出てほしい」

名乗り出る人なんているのかな⁇

本当に何も知らない美嘉は、白紙のまま提出をした。

その日の帰り、久しぶりにアヤとノゾムを含め四人でヒロの家で遊ぶ事になった。

「今日の全校集会だるかった～！」

「あ～意味わかんないよね～！　先生とか超必死だしぃ！」

だるそうにそう叫ぶノゾムとアヤ。

「犯人誰なんだろ～ね‼」

興味津々の美嘉を見てノゾムは不敵な笑みを浮かべた。

「俺ら知ってるよな～ヒロ！」

「お～知ってる知ってる」

「え‼　誰なの～⁉」

アヤが体を乗り出して問いかける。

「犯人は～俺とヒロとタカとショウだぜ！」

「ノゾム、てめぇ口軽すぎだから」

「ヒロ達が犯人なのっ⁇　嘘でしょ‼」

半信半疑で問う美嘉に、ヒロはあっさりとした口調で答えた。

「おぅ、犯人俺らだよ」

「マジで？　もしバレたら停学になるよ！」

声を荒げ心配そうな顔をするアヤ。

「大丈夫だって。手は打ってあるからな！」

そう言ってヒロとノゾムは顔を見合わせて笑っていた。

ヒロが発したこの意味ありげな言葉の理由は、後々知る事になる……。


それから何日かたちいつも通り学校へ行くが、やはり教室にタツヤの姿はない。

まだ病院に通ってるのかな⁇

今日もまた一人一枚の白紙が配られる。先生が言うには犯人が見つかるまでやるらしい。

見つかるわけないいじゃん、犯人はヒロ達なのに。

美嘉は相変わらず白紙のまま提出した。大好きなヒロの事を裏切るなんて……できない。

きっとこれからもずっと白紙で提出し続けるだろう。


その日の夜、家の電話が鳴った。

♪トゥルルルル♪

『もしも……あっ先生!!』

電話の相手は担任の先生だ。

『おっ、美嘉か？』

『はい!! 先生どうしたんですか～??』

『美嘉にちょっと聞きたい事があるんだが、正直に答えてくれるか？』

『……はぁ……??』

『例の窓の件、今日白紙渡したろ？ それに何か書いたか？』

『書いてないですけど……』

『その紙に【犯人知ってるけど、言えない】って書いてあったけど、書いたのは美嘉じゃないのか？』

先生の言葉を聞いて美嘉はある事を感じ取った。

それを書いたのは……間違いなくアヤだ。

犯人を知ってるのはアヤと美嘉の二人しかいない。

アヤは正直者だなぁ、だってそんな事書いたらノゾムが犯人だってばれちゃうかもしれないんだよ??

幼い考えの自分がなんだか恥ずかしくなってしまう。

でもね、美嘉はヒロを裏切るなんて……できないの。

『……知りません』

罪悪感のせいか裏返った声で答える美嘉。

『そうか、すまなかったな。でも、何人か犯人の名前を紙に書いてくれた人がいたんだ。今からその生徒が保護者と学校に来るんだ。それじゃあまた明日な！』

先生は一方的にそう言うと電話を切ってしまった。

犯人の名前を紙に書いた人がいる⁉　ヒロとノゾム学校に呼ばれちゃったのかな。

家の電話を切ったと同時に、ＰＨＳの着信音が鳴った。

♪プルルルルル♪

着信：アヤ
着信相手はアヤだ。彼女にも先生から電話が来たのだろう。

『もしも〜し‼』

『あ、美嘉？　さっき先生から電話来なかった？』

『来たよ〜‼　アヤも来た⁇　ノゾムとヒロやばくない⁇』

『それがさっきノゾムに電話したんだけど〜、ノゾムとヒロ君は呼び出されてないみたい！　それで聞いたんだけど、タツヤが学校に呼び出されたみたいで……』

『えっ？　なんで⁉　なんでタツヤが⁇』

動揺が隠せない美嘉。なんでタツヤが……⁇

するとアヤは落ち着いた声で真実を話し始めた。

『なんか〜さっきノゾムから聞いたんだけど、タツヤさ〜美嘉と仲良かったじゃん？それでヒロ君がキレてて……この前二人がケンカした時あったでしょ？　あの後ヒロ君がムカついて窓割ったみたい。キレたのはタツヤのせいだからって、ヒロ君のグループ全員で無記名の紙にタツヤの名前書いて、タツヤのせいにして……』

アヤが最後まで言い終わらないうちに美嘉は電話を切り、すぐに学校に電話をかけ直した。

♪プルルルルル♪

ガチャ。

『はいもしもし』

『先生⁈』

『美嘉か？　どうした？』

『タツヤが呼び出されたって本当⁇』

『あぁ。今から保護者と学校に来るぞ。どうした？』

『あの、ハッキリとは言えないんですけど、タツヤは犯人じゃないです。タツヤを疑うのはやめてください……‼』

先生は一瞬だけ沈黙になり、そして再び話し始めた。

『先生もタツヤはそんな事しない奴だと思ってる。でも紙に名前を書かれたのは事実でな……本人が否定すれば大丈夫だから』

『先生!!　犯人は……本当の犯人は……』

美嘉は一度開きかけた唇をかみしめる。

タツヤは犯人じゃないよ。そう言いたいけど、そうするとヒロを裏切ってしまう事になる。

美嘉は……なんて弱虫で意気地なしで卑怯《ひきょう》な人間なんだろう。

電話を切り学校に向かって全速力で走った。

学校に着いた頃にはもう外は真っ暗で、校内は静まり返りタツヤもすでに帰ってしまったみたいだった。

人気のない廊下をとぼとぼと歩く。

偶然、通りかかった音楽室の前……タツヤに悩みを打ち明けた時の事を思い出す。

タツヤは犯人なんかじゃない。先生もわかってくれるよ。

だからまた学校に来れるよね⁇　また話せるよね⁇

先生から電話が来た時、ヒロ達が犯人だって言えなかった。

言ったらヒロが美嘉の事を嫌いになってしまうんじゃないかって……結局は自分の事

しか考えてなくて、自分が一番大事なんだね。

でもね、学校に来て音楽室を見て思った。

悩みを聞いてくれて励ましてくれる貴重な友達を大切にしようって、恋人ももちろん大切だけど友達を……何より正しい方を守ろうって、そう思ったんだ。

もしタツヤが学校に来たら、その時は先生にすべて正直に話すから。

本当の犯人はヒロ達だって、話すからね。


しかし、次の日も、その次の日もタツヤは学校に来なかった。

最近は連絡も来ていない。

もしかしたら折れてしまった鼻の骨がまだ治らないのかもしれない。

そしてある日を境に白紙が配られなくなり、先生も窓の事件については一切触れなくなった。

手首の傷も治りかけ、白いリストバンドもはずせるようになった頃……朝のあいさつで先生が言った。

「タツヤが学校をやめました」

クラス中がざわめき、みんなは口々に言う。

「えーなんで？」

「どーして？」

「個人の理由だ」

冷静に答える先生。

個人の理由⁇　何それ‼　そんな答えじゃ納得いかないよ。

美嘉とアヤは朝のあいさつが終わると、タツヤが学校をやめた真相を知るために職員室へと走った。

「先生‼」

美嘉とアヤは怒り気味で担任の先生の元へと走り寄る。

「なんだ、どうした？」

「タツヤが学校やめた本当の理由教えてくださいっ‼」

二人が口をそろえて質問を投げかけると、先生はため息を交えながら答えた。

「……認めたんだよ。窓を割ったのは自分だって」

目を合わせる美嘉とアヤ。

二人は必死になって先生に説明をする。

「それはありえない！　だって……」

「知ってます、本当の犯人！　ねっ、美嘉?!」

アヤに同意を求められ、大きくうなずく美嘉。

先生は少し困った顔をして頭をかきながら、興奮する二人をなだめるかのようにゆっくりと話し始めた。

「あいつが自分がやったと言ってる。あいつが決めた事だ」

妙に説得力がある先生の言葉に、二人は何も言い返すことができず、とぼとぼと歩いて教室に戻った。

タツヤ……なんで犠牲になったの??　どうして??

教室の隅では同じクラスのハルナが大声で泣いている。

どうやらハルナは彼の事が好きだったようだ。

彼が犯人ではない事、犯人をかばって学校をやめた事、犯人はヒロ達だという事を、みんなはうすうす気づいているようだった。

にらみつけるハルナに、気づかないフリをして、美嘉はヒロの教室へと走った。

教室にはノゾム達と笑いながら楽しそうにしているヒロ。

「ヒロ、ちょっと来て」

「お～美嘉が俺の教室来んの珍しいな！」

「いーから。話があるから早くこっちに来て!!」

二人は廊下の裏へと向かう。

「ねぇ、なんで美嘉が怒ってるかわかる⁇」

「さぁ～」

わかっていながらも明らかに知らないフリをするヒロ。

その態度に美嘉の怒りはじわじわと増すばかりだ。

「……何考えてんの⁇　タツヤ学校やめたんだよ⁉」

声を震わせながら単刀直入に問う美嘉。

「へ～……」

「なんでやめたのかわかってるの⁇」

「……知らねぇ」

「窓の事件タツヤのせいにしたんでしょ⁇　タツヤはヒロ達をかばってやめたんだよ。タツヤに謝りなよ‼」

「だって学校やめたんだろ？　謝るってどうすんだよ？」

「タツヤの番号教えるからかければいいじゃん‼」

不機嫌な表情で無言になるヒロに、冷たく言い放つ。

「ヒロがタツヤに謝るまで会わないし、連絡も取らないから。じゃ‼」

そして教室まで戻り、机に顔を伏せた。

次の日の朝、靴を履き替えようとしたが上靴が見当たらない。

きっと……いや絶対ハルナの仕業だ。

美嘉のせいでタツヤが学校やめてしまったから嫌がらせしてるんだ。

靴がないので仕方なく靴下のまま教室へ向かう。

だるそうに教室に入る美嘉の足元をじっと見つめているのは、アヤだ。

「あれ？　美嘉、上靴はぁ!?」

「なんか～神隠しにあったみたい～!!」

「マジでぇ？　仲間！　あたしの靴も神隠しにあった～♪」

アヤもノゾムの彼女だからという理由で、きっと隠されてしまったのだろう。

「ど～せハルナがやったんでしょ！　あの子タツヤの事好きだったみたいだしぃ～！」

靴を隠されたにもかかわらず、いつも通り明るく振る舞うアヤ。

「靴隠すとか陰険すぎっ!!」

「つーかハルナなんて上等だし♪」

二人はわざとハルナに聞こえるよう大声で叫ぶ。

その声が届いたのか、ハルナとほか三人の女は二人をにらみながら何やらひそひそと耳打ちをしている。

ハルナはタツヤの事が好きだった。

美嘉のせいで彼は学校をやめてしまったわけだし彼女が腹を立てるのは仕方のない事だ。

じゃあ彼女と一緒にこそこそ言っている三人の女は何者⁇

ヒロは人気がある……いわゆる、モテる。

性格はやんちゃで明るく、顔も整っている。

背が高くてスポーツも得意だし、何より優しい。

ヒロ自身がギャル男系なので、学年の中でもひときわ目立つグループのギャル系の女の子に人気があった。

美嘉は普通よりギャル系ではあるが、高校に入って少し派手になったいわゆる〝高校デビュー〟ってやつだ。

ヒロと付き合い始めた頃は、釣り合わないだとか似合わないだとか陰口を言われて落ち込んだりもした。

ハルナと一緒ににらみつけている三人の女は、おそらくヒロに好意を持っているのだろう。

ハルナとその三人がどこでどうつながったのかは知らないが、やっかいな事にどうやら手を組んでしまったみたいだ。

ハルナを含めた四人の女に、にらまれながら、美嘉とアヤはルーズソックスのまま廊下に出る。すると遠くからこっちへ近づいてくるヒロの姿が見えたので、美嘉は走って再び教室へと駆け込んだ。


タツヤが学校をやめてから一週間がたった。

ヒロからは毎日のように連絡が来るけど、タツヤに謝るまでは絶対に返事はしないし電話にも出ないつもり。

あれから上靴は教室のゴミ箱の中から見つかったが、なおもハルナ達からの嫌がらせは続いた。教科書を無残に破かれ、ジャージを隠され、陰口を言われ……。

しかし最近までヒロの元カノからもっとひどい嫌がらせをされていた美嘉にとって、ハルナ達の嫌がらせはなんとも感じなかった。

嫌がらせが続いて一週間、体育の授業を終えジャージから制服に着替えていた時に気づいた。

……制服のポケットにいれておいたはずのＰＨＳがなくなっている。

制服やカバンを隅々まで調べてみたけれど、やっぱりない。

次の日、もしかしたら落としてしまったのかもしれないと思い、ＰＨＳを探すため、いつもより早く学校に着くよう家を出た。

教室の机の上にカバンを置いた衝撃で、音をたてて飛び出たのは……なくなったはずのPHS。昨日机を探した時は確かになかった。

PHSの後ろにプリクラが貼ってあったし、親切な人が拾って机の中に入れておいてくれたのかもしれない。

勝手な想像で拾ってくれた人に感謝をし、ホッと一安心して床に落ちたPHSを拾い顔を上げて黒板を見たその時……。

【TEL 070-50**-38** ☆アドレス mika-0512**@pdx.ne.jp ☆ 寂しいので誰かなぐさめて～(▽_△)一年三組　美嘉】

自分では書いた覚えのない美嘉のPHSの番号とアドレスが、なぜか黒板の一面に堂々と書かれている。

おそらく……いや、確実にハルナしかいない。

隣のクラスとそのまた隣のクラスの教室に入り、黒板を確認する。

案の定、どのクラスの黒板にもまったく同じ内容が書かれている。

この調子だと二、三年生のクラスでも同様だろう。

「ありえないし……」

美嘉は教室のドアを軽くけ飛ばすと、今から全クラスを消すのは無理だと悟り、自分のクラスの黒板だけを消して、あとはそのままにしておく事にした。

授業が始まると同時にポケットで震え続けているPHS。

休み時間になればひっきりなしに非通知の電話。

好奇心か、それとも冷やかしか……わざわざ教室にまで美嘉の顔を見に来る人もいる。

《ヤラセロ》《ナグサメテアゲル》

届くメールはそんな最低な内容ばかり。まるで欲望の塊だ。

「ハルナ達、マジ腹立つんだけど！」

「教室に来る奴らもよっぽど暇なんだね。気にしたらダメだよ？」

落ち込む美嘉になぐさめの言葉を投げかけるアヤとユカ。

「……うん」

きっとヒロも見たよね……どう思ったかな⁇

美嘉が書いたと思ったかな⁇


昼休みになっても、相変わらず鳴り響いているPHSと冷やかす男達をよそに、美嘉とアヤとユカは弁当を食べ始めた。

バンッ。

教室のドアが乱暴に開く音で、三人は弁当を食べる手を止める。

クラス中の視線がドアのほうへと集中する。

……ヒロだ。

「電話つながらねーし、何があったんだよ。この騒ぎはよ？」

息切れして肩を上下させながらヒロが美嘉に問いかける。

「別に……」

机の上の美嘉のＰＨＳを強引に奪い、ボタンを押すヒロ。

おそらく受信したメールを見ているのだろう。

突然ヒロの表情は鬼のように変化し、ＰＨＳを机に強くたたきつけた。

「おい、俺の女いじめてる奴は誰だよ？」

クラス中は一気に静まり返り、冷やかしで見に来ていた男達はやばい雰囲気を察したのかすばやく退散していく。

「黒板に美嘉の番号書いたのは誰だっつってんだよ！　名乗り出ねぇなら意地でも捜すからな。そん時はぶっ殺す。覚えておけ」

その時泣きそうな顔をして立ち上がり頭を下げたのは……ハルナだ。

「ご……めんなさい」

あまりにも意外な光景に美嘉は息をのむ。

「てめぇが黒板に書いたのか？　次、美嘉になんかしたらどうなるかわかってるよな？」

ヒロはハルナの机を強くけり飛ばす。

机は激しい音をたてて倒れ、ハルナは下を向いたままブルブルと震えていた。

「俺の女をいじめる奴はたとえ女でも許さねぇから」

ただでさえ迫力のあるヒロが怒ったので、みんなは騒然としている。

「美嘉のダーリンマジでカッコいい♪　そろそろ許してあげなよ！」

耳元で小さくそうつぶやくアヤ。

その横でヒロは美嘉の頭に手を乗せた。

「放課後図書室で待ってっから。来るまで待ってるからな」

そう言い残し教室から出ていくヒロに続いて、涙目のハルナがこっちに向かってくる。

「美嘉、アヤ今までごめんね……」

「……ん～どうする⁉」

腕を組みながらアヤは軽い口調で美嘉の返事を待つ。

「……もういいよ。美嘉も悪いし、みんな仲直りって事で‼」

「ありがとう……」

ヒロに好意を持っている三人の女はペコリと頭を下げ、そそくさと去っていく。

こうして嵐はようやく過ぎ去った。

放課後になり、美嘉は重い足取りで図書室に向かう。

ゆっくりとドアを開けた……が、ヒロの姿はない。

「……あれぇ、ヒロ⁇」

誰一人としていない静かな図書室は、美嘉をとてつもなく不安な気持ちにさせる。

「美～嘉！　来てくれたんだな！」

本棚の横から飛び出し、がばっと抱きついてきたヒロ。

きっと驚かせるつもりだったのだろう。

「ヒロ……今日はありがとうね‼」

ヒロが飛び出てきた事に動揺しながらも小さくお礼を言う美嘉。

「好きな女が傷つけられたら助けるのが普通だから気にすんな！」

ヒロは照れくさそうに微笑み、そして美嘉に話すすきを与える暇なく再び口を開いた。

「タツヤって奴の番号聞いていいか？　俺ちゃんと謝るから……美嘉と連絡取りてぇし、別れたくねぇし」

ヒロ、やっと謝る決心をしてくれたんだね。

さっそくヒロの前でタツヤに電話をかける。

♪プルルルル♪

『もしも～し！』

タツヤとの電話はかなり久しぶりだ。

『美嘉だけどわかるかな⁇』

『もちろん！　何かあったのか？』

『タツヤと話したいって人がいるんだよね……電話替わってもいい⁇』

『おー！　いいよ！』

緊張した面持ちのヒロにPHSを手渡す。

美嘉はヒロとタツヤが言い合いにならないか心配だったので、二人の会話を聞こうと、そっと受話器に耳を澄ませた。

『お、おぅ』

『ん？　誰だぁ？』

『七組の桜井弘樹。おまえを殴ったやつ』

『お〜。どうした？』

『あん時は悪かった。窓割ったの実は俺で……』

ヒロは美嘉の存在に気づき、少し離れた場所に移動する。

美嘉は再びヒロにバレないよう接近し、会話に耳を澄ませた。

『知ってる。でも俺は気にしてねぇからさ！　俺も美嘉と仲いい所見せつけておまえに嫌な思いさせちゃったしな』

『俺のせいで学校やめる事になってマジごめんな』

『だから気にすんなって！　そのかわり美嘉の事泣かすなよ？　泣かしたら奪うからな！　まぁ俺と美嘉は友達だから、それは冗談として、でも許さねぇからな！』

『おまえ、いい男だな。マジで悪かった』

その後二人は何度か言葉を交わし、ヒロは再び美嘉にＰＨＳを手渡した。

『もしもし……』

『はいは～い！』

わざとらしいくらいに明るく振る舞うタツヤ。

『タツヤ本当にごめんね……』

『美嘉この間から謝りすぎだから！　気にすんなって！』

『本当にごめん……』

タツヤの声のトーンが急激に低くなる。きっとこれからまじめな話をするからだろう。

『俺は傷ついてる美嘉を見て、弘樹だっけ？　あいつには美嘉を任せられないって思ったんだ。でもさっき電話した時、二人はもう大丈夫だと思った。仲良くしろよ！　話ならいつでも聞くからな！　だって俺ら友達だろ？』

『……うん、本当にありがとう!!』

タツヤは電話を切る間際に『俺はどっちみち、学校やめる気だったからちょうど良かったんだ！』と言ってケラケラと笑った。

それがたとえ嘘だとしても……その優しさがうれしかったよ。

いつも話を聞いてくれたタツヤ。

美嘉のために涙を流してくれたタツヤ。

最後まで優しかったタツヤ。

タツヤはきっと、自分が美嘉と仲良くすればヒロが怒る事を知っていた。

だからわざと仲良くして、ヒロにケンカをふっかけさせた。

二人が殴り合いになった時、タツヤはさりげなく言ってくれたよね。

〝美嘉はおまえの元カノに嫌がらせされて傷ついてんだよ。悩んで死のうとしたんだよ！　おまえがちゃんと別れなかったからだろ！〟って。

そのお陰で美嘉は元カノに嫌がらせされている事をヒロに言えたんだ。

タツヤはきっとそのきっかけを作ってくれたんだね……。

今となってはそう思うよ。

タツヤ……あなたには迷惑かけてばっかりでした。

感謝をしてもしきれません。あなたは最高にいい男です。

学校で会えなくなってもずっとずっと忘れません。

ありがとう……本当にありがとう。

電話を切った美嘉の目からは自然にポロポロと涙があふれ出る。

この涙は悲しい涙⁇　それとも感動の涙⁇

涙を指でそっとぬぐうヒロ。

そして美嘉の体を一瞬ぐいっと抱き寄せすぐに体を離すと、ほっぺに軽いキスをした。

「……涙でしょっぱいな」

そう言って微笑んだヒロの顔は、いつもより幼く見えた。

グラウンドでは部活動をしている生徒がたくさんいる。

図書室は窓から差し込むまぶしい夕日で照らされている。

ヒロにキスをしようと美嘉は背伸びをしたが、身長差がありすぎるために届かない。

ヒロは柔らかい笑顔で美嘉の体を持ち上げて机の上に乗せると、ほっぺに手のひらを当てながら唇を重ねた。

……長く温かく優しいキス。

ヒロの手が制服のスカートをまくり上げ、美嘉の太ももをなでる。

「やっ……外から見えちゃうよ‼」

ヒロの手を弱い力で押さえて小さく抵抗する美嘉。

「見せつけてやろうぜ？」

かすれた低い声でヒロはそうつぶやく。

「ダメだよっ!!　だって……」

言葉をさえぎってヒロの舌が美嘉の口の中へと入ってくる。

美嘉はいつの間にか抵抗するのをやめ、受け入れていた。

ドアの向こうの廊下から聞こえる大きな笑い声で、夢のようなぼんやりとした意識から目覚めて閉じていた目を開く。

気づけばもう外は暗く、グラウンドには誰一人いない。

部活動を終えた生徒がちょうど教室に着替えに来る時間だ。

「……ヒロ、誰か来ちゃう!!　やばいよぉ!!」

はだけた制服のYシャツを戻し、体を起こす美嘉。

「大きい声出したら聞こえるかもな～美嘉声出すなよ？」

ヒロは再び美嘉の体を倒し、首元に唇をなぞらせた。

「……ヒロって意地悪だったんだぁ」

ヒロはキスで美嘉の口をふさぐ。

声を出したら誰かにバレてしまうかもしれない……そんなスリル。

図書室の古くさい本の匂いは、なぜか気持ちを素直にさせてくれた。

「俺、嫉妬した。美嘉が取られそうで怖くなった。自分の事しか考えてなくて……あいつが学校やめるなんて思ってなくてどうしたらいいかわかんなかったんだ。マジでごめん……」

「うん、わかってるよ……美嘉も、ごめんね……」

タツヤの将来を奪ってしまった。

……それはとてつもなく重い事実。つぐなってもつぐなっても許されない罪。

二人はその事実を一生背負い、そして一生忘れずに生きていくことを強く誓い合った。

嫉妬は愛の証《あかし》。

だけど、時にその気持ちがあまりにも大きすぎて、周りが見えなくなってしまう事もある。

たくさん後悔した、だからこそもう二度と同じことは繰り返さないんだ。

そして二人はそのまま図書室で愛し合った。

放課後の図書室で……。

一つになった時、美嘉の目からは再び涙が流れ出た。

「なんで……泣いてんの？」

心配そうに問いかけるヒロ。

「幸せすぎて……」

こんな時なのに、あふれんばかりの幸せを感じている。

心の中にある自分勝手な感情を抑え、美嘉はヒロの腕をぎゅっとつかんだ。
「バーカ！　泣き虫美嘉」
顔を見合わせて、照れくさそうに微笑む二人。
生のヒロは温かくて……この先もずっとずっと一緒にいたい。
心からそう思った。
幸せで泣いたのは、初めてだよ。

またいつか…

いつの間にか、もう風がひんやりとする季節。
マフラーなしではさすがに外を歩く気にもなれない。
普通に学校に行き、放課後はヒロと遊び、家に帰って寝る。
すべてが順調で何もかもがうまくいっていた。
しかしこの平凡な生活は、あっけなく崩れていく……。

日曜日の朝。今日はヒロが美嘉の家に遊びに来る予定だ。
♪ピロリン　ピロリン♪
セットした目覚まし時計よりも早く、メールの音で目が覚めた。
眠い目をこすりながら受信ＢＯＸを開く。
《マダワカレナイノ？》
このメール……内容ですぐにわかった。ヒロの元カノだ。
でもＰＨＳ自体変えたはずなのになんでまたメールが来るの⁇

ヒロ、もしかしてまた会ったの⁇

昼になり、ヒロが家に来た時はまだ半信半疑だった。

不安なままでいるのは嫌だったので、美嘉は正直に聞いてみることにした。

「ねぇヒロたん〜……」

ヒロのヒザに転がり甘えた声を出す。

「甘えん坊が〜。どうした？」

「今日またヒロの元カノからメール来たぁ〜……」

「はぁ？　それマジで？」

「うん……ヒロさぁ元カノに会ってないよねぇ⁇」

美嘉はヒロの様子をうかがうように顔をのぞき込む。

しかしヒロはまったく動揺していない様子だ。

「バーカ。俺はおまえだけだし。おまえと毎日遊んでるんだからわかんだろ？」

この堂々とした言い方は信頼できる。

「……うん。でもなんで番号知ってるんだろう!!」

「美嘉の知り合いに俺の元カノとつながりある奴とかいないか？」

「う〜〜ん……たぶんいないと思う!!」

「つーか元カノの番号教えろ！」

昔のＰＨＳの電源を入れて着信履歴に入っていた元カノの番号をしぶしぶ教えると、ヒロは自分のＰＨＳからどこかに電話をかけ始めた。

『あ～俺。おー、弘樹。咲だよな？　てめぇ～俺の女に関わるのもうやめろや』

内容からして、きっと元カノにかけているのだろう。

『だいたいなんでアドレス知ってんだよ。あ？　俺はてめぇと戻る気はもうねーし、二度と関わんな』

ヒロは電話を一方的に切り「もう来ねぇから安心しろ」と言うと、美嘉の前髪をかき上げおでこに軽いキスをした。

しかし次の日から、また前のように咲からの嫌がらせは続いた。

大丈夫、気にしないよ。

もう耐えられるからヒロには言わない……。

「あ～なんか具合悪いっ……吐きそう～」

昼休みに弁当を食べていると、突然激しい吐き気に襲われ、美嘉はトイレに向かって走った。

吐いたのなんて胃を壊して入院した時以来だ。

また胃が変になったのかな⁇

そう言えば最近風邪っぽくて具合が悪い。

家で夕飯を食べている時も、吐き気に襲われることが多かった。

「病院に行きなさい」

そんな美嘉の様子に心配したお母さんはそう提案し、さっそく次の日たまたま仕事が休みだったお父さんと総合病院に行く事にした。

一通りの症状を説明して、尿検査と血液検査をする。

あとは結果を待つだけ。

なぜか美嘉一人だけが診察室へと呼ばれ……医者は何のためらいもなく、検査結果の紙を見ながら結果を口にした。

「妊娠してますね」

……妊娠。

その言葉を聞いて美嘉の頭の中は真っ白になった。

「保護者の方にお伝えしますので、保護者の方を呼んでください」

近くにいる医者の声がはるか遠くから聞こえる。

混乱した気持ちのまま、待合室にいるお父さんを診察室に呼び出す。

お父さんは医者の説明を聞いて、何も言わずにうなずいていた。

帰り道……怖くてお父さんの顔を見る事ができない。

会話をしたのはたった一言だけで……。

「相手はヒロ君だな？」

「うん……」

家に帰るとキッチンからはお母さんの元気な声。

「おかえり～どうだった？」

まさか妊娠していたなんてこれっぽっちも思っていないだろう。

だって当の本人でさえ思っていなかったんだから。

美嘉は返事をせずに部屋に入り、布団に潜り込んだ。

居間ではお父さんの声がかすかに聞こえる。

お父さんはお母さんに結果を……つまり美嘉が妊娠している事を報告しているのだろう。

しばらくしてお父さんの話し声が聞こえなくなると同時に、部屋のドアが静かに開いた。

この夕飯の匂いは……お母さんだ。

目を閉じて寝たフリをする美嘉。

そっと薄目を開けてみると、お母さんはベッドの横に座り、美嘉の顔を見つめてただ涙を流していた。

妊娠……今美嘉のおなかの中にはヒロとの赤ちゃんがいるんだ。

きっと図書室で一つになった時の赤ちゃんだね。

まだ二人とも十六歳なんだよ⁇　どうしたらいいんだろう……。

それからは食欲がさらに減っていき、つわりはひどくなるばかりだった。


痛いくらいに突き刺さる冷たい風。雪がちらちらと降ってきた。

もうすぐクリスマス。でも今はクリスマスどころではない。

妊娠の事は二人の問題だから、一人で悩む事じゃないよね。

ヒロにも言うべき事だよね。

ヒロはなんて言うかな⁇　喜んでくれるかな⁇

それとも……それとも……。

つわりの苦しさを我慢して学校に行く。

放課後ヒロを学校の近くにあるファミレスへと呼び出した。

「美嘉〜会いたかった！」

ずっと学校を休んでいたせいで会うのは久しぶりだから、ヒロはとてもうれしそうだ。

本当はね、美嘉もヒロに会えてすごくうれしいよ。

でもね、これから言う事を考えると……不安で喜べない。

「サラダしか食わねぇのか？　ニンジンも残して〜それだからいつまでたってもチビなんだぞ！」

美嘉の不安な心とは裏腹に、ヒロはとてもはしゃいでいる。

「……ヒロ、話があるんだぁ。まじめな話」

「話って？　なんの話？　別れ話なら聞かねぇぞ！」

「別れ話じゃないよ……まじめな話だから……」

ヒロはいつもと違う重苦しい雰囲気を察したのか、真顔になり美嘉の目をじっと見つめた。

「どうした？」

美嘉は水を一口飲み込み、そして妊娠の事実を話し始める。

「あのね、具合悪くて病院に行ったの。そしたら……デキてた」

「え？」

「赤ちゃん……デキてた」

ヒロの表情を見ると答えがわかってしまう気がして怖い。

するとヒロは何も言わずに立ち上がり、走って店の外に出ていってしまった。

正直……妊娠してると言われて信じられなかったし、驚いた。

だけどね、すごくうれしかったんだ。

美嘉はヒロの事が大好きだよ。だからヒロとの赤ちゃんなら、産んで育てたいと思ったの。

でもヒロは違ったのかな⁇

二人ともまだ十六歳だし、結婚できる歳でもない。

働いてるわけでもないから産んで養える保証もない。

そんな状況の中で、赤ちゃんを産むのはとても困難なこと。

ヒロにとって〝妊娠〟は重い事実で、今は一つのことに縛られずもっと友達と遊んだりしたいのかもしれないね。

不安と悲しみは急速に増していくばかり。

「美嘉！」

うつむいている美嘉に優しく声をかけたのは、ヒロだ。

ヒロが……戻ってきた。

「ヒロ……」

ヒロは息切れをしながら袋から赤いキーホルダーのような物を取り出し、美嘉に差し出した。

よく見ると、それはクリスマスの時期によく売っている、アメやチョコなどのお菓子が入った小さな赤いブーツだ。

「美嘉おめでとう！　俺らの子産もう。産もうっつーか産んでくれ。俺、学校やめて働くし、ぜってぇ二人幸せにすっから！」

思いがけない言葉、望んでいた言葉。ヒロが赤ちゃん産んでほしいって、そう言ってくれた。

「赤ちゃん産んでいいの……⁇」

不安げな美嘉の言葉をさえぎり、目を輝かせながら答えるヒロ。

「あたりめーだ！　頑張って二人で育てようぜ！」

この時心に決めたんだ、赤ちゃんを産もうって。

……ヒロ、産んでほしいって言ってくれてありがとう。

大好きな人との赤ちゃん、産んでみせます。


決心をしてから三日後に向かった先は、ヒロの家。

今日はヒロの親に妊娠の報告と、そして産む承諾をもらうつもりだ。

最初にいろいろとお世話になったミナコさんに報告をする。

「おめでとう！　あたしもついに伯母か〜生まれたら二番目に抱かせてよね♪」

そう言ってミナコさんはとても喜び、励ましてくれた。

そして出かけていたヒロの両親が帰宅したところで、二人は気合を入れて居間へ向かった。

「おじゃましてます!!」

「あら～美嘉ちゃんいらっしゃい！」

笑顔であいさつを返してくれたヒロのお母さん。

美嘉をソファーに座らせてヒロは立ち上がり話し始めた。

「親父《おやじ》達に話あんだわ～うれしい話。な、美嘉！」

美嘉はいったんソファーに腰を下ろしたが、再びその場で立ち上がる。

「……はい!!」

「なんと美嘉が妊娠しましたー！　今、美嘉の腹に俺との赤ちゃんがいま～す！　で、俺ら産むことに決めたから！」

軽い口調でそう言いながら美嘉のおなかをなでるヒロ。

その瞬間、居間は一瞬、沈黙に包まれた。

「う……産むったって育てられるの？　美嘉ちゃんはどう思ってるの？」

目を見開き、明らかに動揺しているヒロのお母さん。

「俺、学校やめて働くし大丈夫。美嘉も産みたいんだよな？」

自信満々に笑みを浮かべるヒロ、そして……。

「もちろん産みたいです!!」

美嘉は少しの迷いもなくキッパリと答えた。

……二人の産むという決意は固く、揺るぐことはない。

すると今まで沈黙を続けていたヒロのお父さんが腕を組みながら、低く一定量の声で話し始めた。

「弘樹と美嘉ちゃんが二人でそう決めたのだから、わしは何も言わない。弘樹、美嘉ちゃんを幸せにする自信はあるのか？」

「当たり前！　俺が美嘉と赤ちゃんを必ず幸せにする」

自分の親の前であるにもかかわらず美嘉の肩を抱き寄せるヒロ。

ヒロの両親はそんな二人の姿を見て少しあきれた様に笑った。

「本当にあなた達は……。美嘉ちゃん、体冷やしちゃダメよ？」

自分のしていたマフラーを美嘉の首に巻くヒロのお母さん。

「頑張りなさい」

そう言ってヒロのお父さんがふいに見せた笑顔は、どことなくヒロに似ていた。

思っていたよりもあっさり承諾を得る事ができて安心しきった二人は、目を合わせてニンマリと微笑む。

「明日は美嘉の親に報告しに行こうな！」

「うんっ!!」

翌日の放課後。二人は期待と不安を抱えて足早に美嘉の家へ向かった。

美嘉の両親は妊娠している事を知っているから、あとは産む事の承諾をもらうだけ。

「おじゃまします！」

妊娠が発覚して以来、ヒロが家に来るのは今日が初めてだ。

しかしヒロはまったくと言っていいほど緊張していない様子。

居間ではお父さんがソファーに座っている。

「お父さん、ヒロ連れてきたぁ……」

「そうか、居間に連れてきなさい」

ヒロの手を引き、居間へ移動する。

「こ、こんばんは！」

お父さんを前に、さっきまで余裕だったヒロもさすがに緊張で顔がこわばってしまっている。

「こんばんは。そこに座りなさい」

二人はつないで汗ばんだ手を離し、腰を下ろした。

なんて重い空気なんだろう。

「このたびは……美嘉さんの妊娠が赤ちゃんで産む話を……」

しどろもどろでめちゃくちゃな言葉を口走るヒロ。

美嘉はそんなヒロの言葉をさえぎり、強めの口調で叫んだ。

「赤ちゃん、産みたいの!!」

お父さんは一瞬驚きの表情を見せたが、すぐ顔を戻した後、ため息をついてどうにか平静を保っているようだった。

「産むのはそんなに簡単な事じゃないんだ。二人はまだ学生だし産む費用はどうするんだ？　本当に育てられるのか？」

「俺、学校やめて働きます。幸せにします。お願いします」

突然立ち上がりお父さんに頭を下げるヒロ。

お父さんは沈黙を続け、それ以上言葉を発する事はなかった。


肩をがっくりと落とし、二人はとぼとぼと部屋へ戻る。

「とりあえず今日は帰るけど、俺はぜってぇあきらめねーよ。赤ちゃん産ませてみせる。美嘉もそれぐらいの決意あるよな？」

「……うん!!　ヒロまた明日ね!!」

家を出ようといったん玄関のドアを開けたが、何かを思い出したのか足を止めて再び戻ってくるヒロ。

「あ〜忘れ物した」

ヒロはそうつぶやくと玄関の周りを見渡し、誰もいないのを確認すると、美嘉の頭の後ろに手を回し、顔を引き寄せキスをして帰っていった。


次の日、美嘉はつわりが悪化したために学校を休んだ。

ベッドの上で一人、暇をもてあまし、ヒロにメールを送信する。

《グアイワルイヨォ⤵》

《ガッコウヤスムネ!》

しかしヒロからの返事は来なかった。

結局つわりのせいでその日から三日間続けて学校を休んだ。

学校を休んだ三日間で体重は四キロ減。

短期間でそこまで減ってしまった理由は、つわりで食欲がなかったせいももちろんある。

それともう一つ心当たりがあるとすれば……美嘉の家にヒロが来たあの日から、もう四日間もヒロからの連絡がない。

メールを送っても返事はなく、電話をしても常に留守番電話。

平気なフリをしていたけど、お父さんに反対されて、本当は落ち込んでしまったのかもしれない。


夜中の二時……いつもなら寝ている時間に居間からかすかに聞こえる話し声で目が覚めた。

お父さんとお母さんかな⁇　こんな時間に何話してるんだろう。

そっと居間のドアを開き、様子をうかがう。

⁉⁉

ヒロがいる。これは夢かな⁇

試しにほっぺをつねってみたが、痛い……ってことは現実なんだ。

明るい茶髪も黒く染められていて、ヒロの特徴でもあった、たくさんのシルバーピアスは一つもない。

後ろ姿は別人だけど、あれはヒロに間違いない。

なんでこんな夜中にヒロがいるの⁇

ヒロは正座をしてお父さんとお母さんに深々と頭を下げている。

「お願いします」

美嘉は息をのみ三人の会話にそっと耳を澄ませた。

「悪いけど反対だ」

ヒロから目をそらさずに厳しい顔で答えるお父さん。

「必ず幸せにします。美嘉に産んでほしいんです」

「毎日来ても、反対の気持ちは変わらない」

「俺は本気です。頑張って働くのでお願いします」

床に手をついて再び頭を下げるヒロに、そんなヒロの姿を見て困惑している様子のお母さん。

お父さんはさっきと変わらず厳しい表情をしている。

「まだ早いだろう。それに今、美嘉に学校をやめさせるわけにはいかないんだ。わかってくれ」

「明日も明後日《あさって》も、いいって言われるまで俺は毎日ここに来ます」

美嘉はヒロの言葉を聞くと同時に走って部屋に戻り、勢いよくベッドに飛び込んだ。

ヒロは……ヒロは毎日夜中に家に来て、赤ちゃん産む事をお父さんとお母さんに頼んでくれていた。

だから忙しくてメールを返信する事も電話に出る暇もなかったんだ。

髪を黒く染めてピアスもはずしていた。

人に頭を下げるのが大嫌いなヒロが美嘉と赤ちゃんのために……プライドも何もかも捨てて頭を下げていた。

美嘉は横になったままおなかに両手を当てて強く強く誓う。

「何があってもヒロとの赤ちゃん産んでみせるよ……」

しばらく経ち、玄関が騒がしくなった。

「おじゃましました」

きっと……ヒロが帰るんだ。

窓から外をのぞくと、少し遠くにヒロの後ろ姿が見える。

「……ヒロー!!」

窓を開けて居間を気にしながら大声で叫ぶ美嘉。

するとヒロは振り返り、手を振りながら走ってきた。

「起きてたのか？　調子大丈夫か？　連絡できなくてごめんな」

鼻を赤くして白い息を吐きながら心配するヒロ。

「うん、大丈夫!!　ヒロ、髪の毛染めたの??　なんでここにいるの??」

美嘉はヒロの黒髪に手を伸ばし、そしてわざと何も知らないように見せかけて問いかけた。

「あぁ〜なんとなくイメチェンしてみた。似合うだろ？　つーか今俺この近くに住んでるダチと遊んでた……偶然だな」

ヒロの嘘つき……本当は全部知ってるんだから。

そんな事を話してるうちにヒロの頭の上には雪が積もり始めた。

「ヒロの頭に雪いっぱい積もってるよ〜!!」

「マジ？　いい男が台なしだ〜なんてな」

ねぇ、ヒロは気づいてる⁇　今すごく悲しい顔をして笑ってるよ……。

「おまえほっぺ赤いぞ。体冷やすなよ？」

「え〜ヒロだって赤いよっ!!」

ヒロのほっぺにそっと両手を当てる美嘉。

するとヒロは美嘉の両手を取り、手のひらをまじまじと見つめた。

「温かくてちっちぇ〜手だな。俺の手の半分くらいじゃねぇ？　こんなちっちぇ〜手で母親になれるんだからすげぇよ。美嘉ならきっといい母親になるな！」

そう言ったヒロの顔がなぜかすごく男らしく、大人びて見えた。

今まで見たことのない……切なげで、でも幸せそうな表情。

これから美嘉はお母さんになり、ヒロはお父さんになるんだね。

次の日の朝、学校から家に電話があった。

これ以上休むと場合によっては留年してしまうかもしれないらしい。

しばらく休むつもりだったのに……しぶしぶ学校へ向かう。

「美嘉おっは～♪」

教室に入ったと同時に大声でそう叫んだのはアヤだ。その隣にはノゾムもいる。

遊び人で有名だったノゾムだけど、アヤとは珍しく続いている。

ケンカは毎日のようにしてるけど、なんだかんだで仲がいい二人だ。

この二人は、美嘉が妊娠してる事なんて知るはずもない。

「美嘉～体調良くなった？」

アヤに心配をかけないよう、美嘉はカバンを振り回しながら答える。

「ただの風邪だよ～ん。もう治ったし!!」

「それなら良かったぁ～♪　もーすぐクリスマスだね！」

「どうせあれだろ、ヒロとラブラブだろ～！」

アヤとノゾムは、ほぼ同時に話を切り出した。

そっか、忘れてた……クリスマス近いんだっけ。

「ヒロ君にプレゼントとか買ったぁ？」

「ヒロとラブラブかよ～ちきしょうめ～うらやましい」

美嘉の返事を聞かずに会話を始めるアヤとノゾム。

「は⁉ あんたにはあたしがいるでしょ！」

ノゾムに強くけりを入れるアヤ。

「痛ぇ〜俺、泣いちゃうよ⁉」

「マジでキモいから！ 勝手に泣いてろ！」

そして二人は夫婦漫才のようなことをしながら去っていった。

一体なんだったんだろう。

でもアヤのおかげでクリスマスプレゼントを買っていない事に気づいたんだから感謝しなきゃね。

「美〜嘉♪ 何ボ〜っとしてんの⁉」

考え事をしていた美嘉の背後から次に声をかけてきたのはユカだ。

「あっ、ユカ‼ 今ね、クリスマスプレゼントどうしようかなって思ってたの‼」

「彼氏いないユカには無縁な話だわ。ヒロ君にあげるの？ う〜ん、美嘉、今日の放課後ヒマ？ 街に出て探さない？」

「えっ、いいの⁇」

「困った時はお互い様だよ♪ ユカ、暇人だしね！」

「ユカちんありがと♪ マジで大好きっっ‼」

ユカのナイスな提案に、放課後二人は街へ向かった。

街はイルミネーションがまるで宝石のようにキラキラしていて、たくさんのカップルが幸せそうにしている。

「ユカ〜これとかどう思う⁇」

「ちょっと派手かもよ⁉　でも可愛い〜♪」

雑貨屋さんで店内に鳴り響くクリスマスソングに負けないくらいの大声で騒ぐ二人。

「美嘉〜ちょっと来てぇ！」

ユカに呼ばれて行った場所は、いろんな香りが入り交じった香水売り場。

「香水なんてどう？　ヒロ君を美嘉の香りに染めちゃえ〜なんて♪」

「……それかなりいいかもっ‼」

数多い種類の中から香水を選び始める。

〝人気ナンバーワン〟と書かれている香水を手に取ると、ユカは横から顔をのぞかせた。

「ナンバーワンよりも、美嘉がヒロ君に似合うと思った香りを選んであげた方が喜ぶと思うな〜！」

「……そっか、そうだよね‼」

ユカにはいろんな事を教えてもらってばかりだ。

結局一時間ほど選んだ結果、『スカルプチャー』という名前の香水を買った。

ほんのり甘くて男らしい香り……これが一番ヒロに似合うと思ったんだ!!

「あれって……ヒロ君じゃない?」

どこかで飯ごしらえでもしようと歩いていると、突然ユカが足を止めて遠くを指差した。

その方向にはヒロの姿。

それも見た事がない女の人と、何だかもめている感じ……。

ヒロのマフラーを強引に引っ張る女とそれをにらむヒロ。

「何あれ! 美嘉ヒロ君のとこに行きなよ! ほら行こう!?」

美嘉は歩き出そうとするユカの腕をつかみ、引き止めた。

「大丈夫。美嘉はヒロの事、信じてるから……」

家に帰り、ヒロが見た事のない女の子と話していたあの残像が幾度となく頭に浮かび、そのたびに心の中で唱えていた。

〝大丈夫……信じてるよ〟

そう思いながらもやはり不安は消えず、いてもたってもいられずヒロにメールを送信した。
♪ピポッ♪
送信　12月21日　20時58分　《イマナニシテル？》
♪ピロリピロリ♪
受信　12月21日　21時05分　《イマイエニツイタ♪》
♪ピポッ♪
送信　12月21日　21時11分　《ユカトマチイッタサー》
♪ピロリピロリ♪
受信　12月21日　21時15分　《オレモ♪　ナカマダ！》
♪ピポッ♪
送信　12月21日　21時58分　《ウン、ナカマ☆》

しばらくしてヒロからはＰメールではなくＰメールＤＸというロングメールが届いた。

♪ピロリピロリ♪

ＤＸ受信　12月21日　22時38分　《俺ショウと街に行って偶然元カノに会った。話しかけてくんなっつったらあいつキレて美嘉に会いにいくとか言い出した。口だけだろーけどこれからは俺の近くにいろ！》

なんだ、あの女の人は元カノだったんだ。

……元カノ⁉ 元カノだったの⁉

しかも会いにくるって何⁇ それって本当に口だけなの⁇

さんざん嫌がらせされてきたんだもん、口だけなんて思えないよ……。


それから何日かして、保険証をこっそり持ち出しヒロと待ち合わせをして、前に一度行った総合病院の産婦人科に行った。

「こちらにご記入お願いします」

看護師に差し出されたのは一枚の薄っぺらい紙。

【妊娠中の方は来院した理由に〇をつけてください。①出産を希望する ②中絶を希望する】

頭の中では、両親の心配そうな顔が浮かび上がる。

……迷い。

本当に育てられる⁇ 赤ちゃんを幸せにできるのかな⁇

「もちろん①だろ！」

ヒロはためらう美嘉からペンを奪い、①に丸をつけた。

しばらくたって美嘉だけが診察室へと呼ばれた。

「産む事に決めたのかな？」

さっきまでは不安の方が大きかった。でも……今は違うよ。

ためらいなく①に丸をつけてくれたヒロの姿を思い出す。

「産みます!!」

美嘉の表情に、迷いはなかった。

「では頑張って元気な赤ちゃんを産みましょうね！」

それから個室に行き、美嘉は下着を脱ぎ、変な形をしたイスに座った。

腰から下は白いカーテンでしっかりと区切られている。

「ちょっと冷たいかもしれないけど我慢してくださいね」

カーテンの向こうから聞こえた医者の言葉と同時に、ひやっとした器具が膣《ちつ》内に入った。

「近くにあるモニターを見てください」

痛みをこらえ、美嘉は医者に言われた通りモニターに目を向ける。

……赤ちゃん。小さくて色なんてわからないけど、これが手かな?? これが頭かな??

「赤ちゃんはおなかでつながってるへその緒で栄養をとるんだよ！」

へその緒……美嘉と赤ちゃんはへその緒でつながっているんだ。

モニター越しに見た赤ちゃんは、とてもとても可愛かった。

美嘉はお会計を済ませて、足早にヒロのもとへ駆け寄る。

「聞いて聞いてぇ！　赤ちゃん見たの!!　ちっちゃくって可愛かったの!!　へその緒でつながってるんだって〜!!」

「マジかよ！　俺も見たかった〜。男？　女？」

「そんなのまだわかんないよっ!!」

「女の子でも男の子でもいいな。三人で手つないで歩きてぇ！」

「ヒロ気が早いから〜!!」

突然、美嘉のおなかに耳を当てるヒロ。

「お〜い。パパですよ〜聞こえるかぁ〜？」

周囲からは痛いくらいの視線を感じる。でも今はそんな事が気にならないくらい幸せなんだ。

「ママですよ〜ぉ!!　わかりますかぁ??」

目を合わせて笑い合う二人。

「バーカバーカ！　ヒロの親バカ〜♪」

「うるせー！　おまえもな！」

赤ちゃん、早く抱っこしてあげたいな。

二人の赤ちゃん……絶対可愛いはずだね。

その日二人は手を強くつなぎ合って家路についた。


――十二月二十三日。明日から冬休みだ。

終業式で先生と口ゲンカになり職員室に呼び出されたヒロを、一人教室で待つ美嘉。

その時、ポケットでPHSが震えた。

♪ブーブーブーブー♪

着信相手は非通知だ。非通知にはいい思い出がない。

『もしも～し⁇』

『もしも～し、俺』

俺⁇ 俺って誰⁇ 電話の向こうは、がやがやとうるさい。

『えっ、ヒロ⁇』

美嘉の問いに、相手は平然とした態度で答える。

『おー、ヒロ。先生にPHS没収されたから公衆電話からかけてるんだけど、体育館の裏にいるから来て』

ガチャ、プープープー。

電話は一方的に切られてしまった。

美嘉が教室で待ってるの知ってるのになんでわざわざ電話してくるの⁇

なんで体育館の裏にいるの⁇

明らかに様子がおかしいのはわかっていたのに、明日から冬休みでしかもクリスマスが近い事に浮かれてしまったせいか、電話の相手をヒロだと信じ、美嘉は何の疑問も持たずに、教室を出て体育館の裏へと走った。

しかし体育館の裏には誰一人としていない。試しにヒロのPHSに電話をかけてみたが、着信音が鳴るばかりでいっこうに出る気配はない。

学校に戻ってヒロの外靴があるかどうかを確認しようと歩きだしたその時……。

体育館の裏にある大きい木の陰から女一人と男一人が出てきた。

男は美嘉と同じ学校の制服を着ている。きっと同じ学校なのだろう。

女にいたっては違う学校の制服を着ているが、顔はどこかで見た事がある。

どこだったかなぁ……。

あっ‼　確かこの間、街でヒロと話してた人……。

ってことはヒロの元カノ？　ヒロの元カノだ‼

……だまされた。

さっきの電話はヒロなんかじゃなかったんだ。

そんな事を思っても、気づけばもう手遅れの状況。

ヒロの元カノである咲は、ゆっくりと近づいてきた。

背が高く濃い化粧の似合う大人っぽい咲は、歩くだけで迫力があり、美嘉はすでに迫力負けしそうだった。

「美嘉ちゃ〜ん。やっと会えたね。あんたヒロとべったりだから〜呼び出すの大変だったよ。まぁ、こいつが情報くれてたからこうやって会えたんだけど〜」

そう言って隣にいる美嘉と同じ制服を着た男を指差す咲。

これですべてが明らかになった。

同じ学校にヒロの元カノとつながってる人がいて、元カノはその人をスパイにして情報を得ていた。

だからPHSを新しく変えてもメールが届いたりしたんだ。

美嘉は勇気を振りしぼり、冷静を装った。

「な……何か用??」

咲は美嘉の顔をのぞき込み、強くにらみをきかせる。

「はぁ〜?　何か用?　じゃね〜よ。早くヒロと別れろよブスが!」

「嫌だよ。絶対に別れないから!!」

美嘉も負けじとにらみ返す。

「嫌じゃねーよ。てめぇみたいな奴、ヒロには合わねぇんだよ!」

……そんなのわかってるよ。

背が高くて、大人っぽくて、化粧が似合って、きれいな顔立ちの咲。

確かに美嘉なんかより、咲のほうがヒロとお似合いだよね。

でもね、美嘉はヒロが好きだから別れたくないの。

好きなだけじゃダメなのかな。

美嘉はまるで映画のワンシーンのような信じられない現実に立ち尽くし、あふれる涙をこらえて上を向いた。

ちらちらと降る雪が、時たま目に入り視界がにじむ。

こんな奴らの前で……絶対に泣くもんか。

咲の隣にいた男が、ポケットから何かを取り出した。

ハッキリとは見えないけどなんとなくわかる。

写真、レイプされた時に撮られた写真だ。やっぱりあの時、フィルムは入っていたんだ。

美嘉は取り返そうと男に駆け寄り、写真を奪おうと試みたが、男は写真を咲に手渡した。

今度は咲のほうに駆け寄り必死に奪おうとしたが、背の高い咲が写真をより高く上げているために届くはずもない。

咲はそんな美嘉の姿を見下しながらくすくすと笑っている。

写真をばらまかれるのは確かに嫌だ。でもそれより、この写真を見たらヒロは傷つくだろう。

ヒロが悲しむ顔なんて絶対に見たくないよ。

美嘉は写真を奪う事をあきらめなかった。

その時……。

「てめぇいいかげんしつけ～んだよ！」

ドンッッ。

咲が美嘉の肩を強く押す。

その拍子に美嘉は氷の上にしりもちをつき、体育館の壁に頭を打った。

腰がズキーンと痛む。まるで針が刺さったかのような……そんな感覚。

「咲ちょっとやりすぎじゃねぇ？」

「こんくらい余裕だから～！」

咲は笑いを交えて男にそう言うと、美嘉が転んだ事で油断したのか写真を持った方の手を下ろした。

今なら……奪える。

美嘉は一瞬の隙をみて立ち上がり、咲から写真を奪うと、校門へ向かって全速力で走った。

後を追いかけてくる二人。そして写真を握ったまま必死で逃げる美嘉。

校門の手前で追いつかれ、二人に取り囲まれた。

「写真返せよ。マジでばらまくぞ？　フィルムだってあんだからな」

咲は覆いかぶさるようにして握っている写真をつかんだが、美嘉は写真をグシャグシャに握りしめて離さなかった。

校門に向かって走ったのには理由がある。

職員室の窓からは、校門がちょうど見える。

今ヒロは職員室にいるはずだから、もしかしたらこの状況に気づいてくれるかも……

そんなちっぽけな望みに託してみた。

しかし校門の手前で追いつかれてしまったので、もしかすると職員室から見えないかもしれない。

「あんたがいなきゃ、ヒロはあたしのもんだったんだよ！」

咲の言葉に、今まで冷静を保ってきた美嘉の中で何かが音をたてて崩れた。

「ヒロは物じゃない!!　好きなら卑怯な手ばっかり使わないで正々堂々勝負しなよ！　ヒロを好きな気持ちは負けないんだから!!」

美嘉の言葉と同時に写真を強くつかんでいた咲の手が突然離れた。

おそるおそる顔を上げると、咲はなぜかおびえた顔をしている。

一緒にいた男も、青ざめた顔をして逃げていってしまった。

背後から近づく足音……後ろをゆっくり振り返る。

ヒロだ！　ヒロが来た!!

職員室から見えたのか、教室にいない美嘉を探しに、偶然通りかかったのかはわからない。

制服のポケットに手を入れ、鋭い目つきで歩いてくるヒロ。

咲は震えながらもそんなヒロから目が離せない様子だ。

「てめぇこんなところで何やってんだ？」

ヒロが咲の胸ぐらをつかみ、咲の制服のリボンが取れて地面に落ちる。

「こないだ言ったよな？　美嘉になんかしたらブッ殺すってよ」

咲の胸ぐらから手を離し、美嘉を守るように後ろから抱きしめるヒロ。

その時ヒロは、美嘉が持っていたボロボロの写真に気づいたみたいだった。

美嘉は写真を取られないようにさらに強く握りしめたが、突然ヒロにキスをされたことで体の力が抜け、その瞬間、いともあっさりと写真を奪われてしまった。

写真をじっと見たヒロは持っていたカバンを地面に投げつけ、その場で写真をビリビリと破る。そしてものすごい剣幕で咲に殴りかかった。

「……ダメだよ!! 職員室から見えるんだよ？ ヒロ、また停学になっちゃうよ!?」

美嘉の説得にヒロは少し我を取り戻したのか、カバンを拾い上げて、地面に落ちたびりびりの写真をけちらした。

「学校から出ようぜ。咲、てめぇもついてこい」

美嘉の肩に手を回したまま歩き出すヒロに、素直にちょこちょこ後についてくる咲……なんだか異様な光景だ。


学校を出て三人は近くの空き地に移動する。

「てめぇ美嘉に何やったんだよ？ 美嘉、こいつになんかされたか？」

肩を押されてしりもちをついたことは大した事じゃないし、これ以上心配かけたくないから言わないでおこう。

「いや、されてないよっ!!」

「つーか美嘉に謝れや」

ヒロは持ってたカバンを咲に向かって投げつける。

「ごめん……でも……」

「でもなんだよ？」

「あたしまだヒロの事好きで……」

「はぁ？　俺はてめぇなんかもう好きじゃねーよ。二度と関わるなっつっただろ」

ヒロのきつい言葉に咲はついに泣き出してしまった。

「ヒロ、美嘉は大丈夫だから……もういいよ⁇」

ついさっきまではすごい迫力で突っかかってきたのに、今は体を小さくして泣いている。

きっとそれくらいヒロの事が好きだったんだね。

……恋の力ってすごいなぁ。

「そー言えば、てめぇ写真のネガはどうした？」

「……家にある」

「それ焼けよ？　バラまいたらどうなるかわかってんだろ」

「……わかった」

「本当はブッ殺してぇけど美嘉が許すって言ってっからやめとく。俺は一生てめぇを許さねぇけどな」

「……はい」

「わかったらどっか行け。二度と俺らに関わるなよ」

ヒロに冷たく言い放たれ、肩を落としてとぼとぼと帰る咲。

美嘉は咲の背中を見つめて……願った。

いろいろな事があった。たくさん傷つけられた。

一生消えない傷跡をつけられたんだ。

お願いします、人の心を傷つける重さを知ってください。

そして、どうか二度と同じ事を繰り返さないでください。


「美嘉？　大丈夫か？　俺のせいでごめんな」

ヒロに呼ばれる声で美嘉は意識を現実の世界へと取り戻した。

「謝らないでよ!!　ヒロカッコ良かったよ!!　ヒロって美嘉がピンチになったらいつも助けてくれるからスーパーマンみたいだね!!　これからも助けてね!!」

「おぅ、任せろ。そんな事言うとか可愛すぎ！　……つーかおまえもカッコ良かったぞ？」

ヒロは美嘉の頭をくしゃくしゃとなでて、ぎゅっと抱きしめた。

「へ⁇　何がカッコ良かったの⁇」

「ヒロを好きな気持ちは負けない～っつーやつ！」

「え～っ!!　聞こえてたの⁉」

「ちょうど見つけた時だったから～聞こえた！」

「いやぁ～恥ずかしい!!　最悪だよっ!!」

美嘉はヒロの胸から離れて背を向けたが、ヒロは美嘉の手を引っ張り、自分の巻いていたマフラーの片方を美嘉の首に巻いて耳元でささやいた。

「いや、マジでうれしかったから。ふざけたように言ったけど、すげぇうれしかった。ありがとな」

「ふ～んだ!!　……今日は帰るっ!!」

ヒロからの言葉は笑みがこぼれてしまうほどうれしかったのに、強がりな美嘉は照れ隠しからか話をそらした。

しかしヒロからの返事はない。

「ヒロ～??」

怒らせてしまったのかと心配になり、ヒロの顔を下からのぞき込む。

「美嘉、俺と駆け落ちしねぇ？」

「か……かかかか駆け落ち～!?　!?　冗談でしょ??」

首を横に振るヒロ……どうやら彼は本気のようだ。

「駆け落ちってあのドラマとかで、不倫してる人達がどっか遠くに行ったりする、あれ??」

「そう、それ。駆け落ちって言い方は大げさかもしんねぇけどな」

「こんな時に冗談やめてよっ!!」

「冗談じゃねぇよ。俺本気だから」

「で……でもどこに行くの⁇」

ヒロはポケットからPHSを取り出し、誰かに電話をかけた。

『おう。今何してんの？　あ、マジかよ。おまえんち行っていい？　もちろん美嘉と！　駆け落ちしに行くから！』

ヒロは電話を切ると、あっけらかんと話し始めた。

「ノゾムんち行ってOKだって！　どうする？」

ノゾムの家って……近っ‼　心の中で鋭い突っ込みを入れる美嘉。

たった十六歳の二人には〝駆け落ち〟の本当の意味などわかるはずがなかった。

お金もないし、行く先といえば友達の家しかない。

「今から行くの⁇　用意とか何もしてないけど……」

「じゃあ今日は帰るか。明日の朝迎えに行くから！　体冷やすんじゃねぇよ？」

そう言ってヒロは自分のマフラーを美嘉にぐるぐると巻きつけそっと唇にキスをした。

「え〜足りな〜い‼　もっとチューしてくれないの⁇」

わざといじけたフリをし、その場に座り込み下を向く美嘉。

「わがまま娘が〜赤ちゃんに笑われんぞ？　ったく仕方ねぇな〜……と思ったけど、や〜めた！　明日まで楽しみにとっておくわ」

ヒロは美嘉の唇に指をなぞらせると、両手を引いて美嘉の体を起こす。

「ヒロのケ〜チ、意気地なしぃ!!　もう帰るもんね!!」

「怒るなガキんちょが！　明日たくさんしようぜ〜また明日な！」

もし美嘉が家からいなくなったら、本気の気持ちが伝わってお父さんとお母さんは産む事を考え直してくれるかもしれない。

それは間違った考えかもしれないけど、今はこうする事が精一杯だった。

こうして二人は明日〝駆け落ち〟を決行する事にした。

〝駆け落ち〟なんて名ばかりで、本当は、お互い長い時間一緒にいたかっただけなんだけどね。

美嘉は家に帰り、今日起こった映画のような出来事を思い返しながら眠りについた。

まだ朝日が昇らないうちに目覚ましをかけ、昨日前もって書いておいた置き手紙を居間のテーブルに置く。

【お父さんお母さん。美嘉はしばらく帰りません。心配しないでください】

化粧品やら充電器やらをカバンに投げ入れ、美嘉はヒロから借りたマフラーを巻き、音をたてないよう静かに家を出た。

玄関の前には白い息を吐き出しながら小さいカバンを一つ持って立っている……愛し

いヒロの姿。

「ヒロ～メリークリスマス♪」

「いや、まだ今日はイブだし！　ったくでかい荷物持ちやがって～」

美嘉の大きな荷物を左手でひょいと持ち上げるヒロ。

「重いからいいよぉ??」

「うるせ～って！　おまえは俺の手握ってればいいんだよ」

そして右手で美嘉の手を取りコートのポケットの中に強引に入れると、二人はゆっくり歩きながらノゾムの家へと向かった。


「おじゃましまーす!!」

チャイムも押さず勝手に家に入り、ノゾムの部屋のドアを開ける。

「美嘉ぁ～ヒロ君～おはよ～♪」

なぜかベッドの上でくつろいでいるアヤ。

「え～っアヤ!!　なんでこんな朝早くにノゾムの部屋にいるの!?　しかもちゃっかりくつろいでるし!!」

「今日から冬休みだし昨日からお泊りしてる♪　二人で駆け落ちしたんだって？　なんかあったのぉ？」

実は今妊娠していて、美嘉の両親に産む事を反対されてるから家出した……なんてそんな事言えるはずがない。

ヒロは返事に困っていた美嘉を押しのけて言う。

「俺が美嘉を奪ってきたんだわ。美嘉とずっと一緒にいたいからな！」

「さすがヒロ君！　大胆にやるねぇ♪」

アヤは冷やかした言い方でヒロの背中をたたいた。


暇だったので、四人は近くにあるゲームセンターへ行く事にした。

「ね〜ねぇ〜四人でプリクラ撮らない？」

「それいいっ、撮ろう撮ろう!!」

嫌がるヒロとノゾムの男組をよそに、プリクラが大好きな美嘉とアヤの女組はどの機種にしようかときゃっきゃと盛り上がる。

……男たちに断る権利はない。女の提案は強制で、かつ絶対なのだ。

「俺にプリクラ一枚くれよ！　ＰＨＳの裏に貼るから！」

ノゾムは嫌がっていたわりには、結構気に入っているみたいで、完成したばかりのプリクラを一枚奪いＰＨＳの裏に貼った。

「あっ、じゃあ美嘉も貼る〜!!」

「じゃああたしも貼っちゃおう♪」

そんな中、ただ一人ヒロだけは沈黙を続けている。

「ヒロ～おまえも貼れよ！　四人おそろいにしようぜ」

ノゾム君ナイス!!　いい事言った!!

しかしヒロは「恥ずかしいからいい」と言って断固拒否。

おそろいになると思ったのに～残念。


そして夜になり四人は近くのスーパーでクリスマスケーキや夕飯、シャンパンやワイン、クラッカーなどを買って家に戻った。

「みなさんの幸せを祈って乾杯～！」

ノゾムの乾杯の音頭とともにクリスマスパーティーが始まる。

まだ未成年なのにヒロとノゾムとアヤはお酒を飲んでいる。

しかし美嘉だけは一人寂しく赤ワインに似せたグレープジュースを飲んでいた。

「酒は飲むな。おまえは今一人の体じゃないんだから」

さっきヒロが耳元でこうつぶやいてきたから……仕方がない。

酔ったのか、目の前ではアヤとノゾムがいちゃつきはじめた。

「美嘉～ひざ枕～」

そんな二人に刺激されたのか、まるで勝負でもするかのように甘えた表情で美嘉のひざに寝転がるヒロ。

「ヒロ～よしよし♪」

いつもなら子供扱いするなと怒られるけど、今日は酔っているせいか子供みたいに甘えてくるヒロがとてもとても愛しい。

ヒロの柔らかい髪をなでていると、ヒロはすやすやと眠ってしまった。

その時……。

「じゃじゃ～ん♪　実はノゾム君にプレゼントがありまーす♪」

そう言って突然立ち上がったアヤは、カバンから可愛くラッピングされたプレゼントを取り出しノゾムに手渡す。

「お～サンキュ♪　わりぃけど俺なんも買ってねぇや、その代わり、俺のキッスをプレゼントすっから～♪」

プレゼントを受け取り、両手を顔の前につけて謝るノゾム。

「え～ありえない～最低～キモい！　いらない！」

ラブラブな二人を横目に美嘉もカバンからプレゼントを取り出し、ひざ枕でうたた寝しているヒロに小声でつぶやいた。

「美嘉もね、ヒロにプレゼントがあるんだよっ!!」

「ん………え、マジで⁉」

「はい、これ‼　大した物じゃないけど……」

勢いよく起き上がるヒロにプレゼントを手渡すと、ヒロはそのプレゼントを受け取り、期待に満ちあふれた笑顔で美嘉のほっぺを指でつまんだ。

「何〜言ってんだよ。美嘉からもらえたらゴミでもうれしいから！」

ヒロは照れくさそうにそう言いながらポケットからピンク色の小さな袋を取り出すと、今度は美嘉に向かって差し出す。

「俺もある。美嘉にプレゼント」

え⁉ ヒロが美嘉に⁇　信じられないっ‼

「ヒロ君優しい〜♪　それに比べてノゾムは……」

うらやましそうにプレゼントを見ているアヤ。

「わかったわかった。近々なんか買ってやるから許せ！」

「マジでぇ⁇　期待してるからぁ！」

なんだかんだ言ってやっぱりこの二人はお似合いだなぁ……。

美嘉はそんな事を思いながら微笑んだ。

「美嘉、プレゼント開けてもいいか？」

「うんっ‼　開けて開けて‼」

目の前ではヒロがラッピングを開けている。

「香水？　マジでうれしいんだけど！　さっそくつけていいか⁉」

「もちろん‼　いい……」

美嘉が最後まで言葉を言い終わらないうちに、ヒロはプレゼントの香水を手首に振りかける。

「なんかヒロ君っぽい香りだねぇ！　いい香り♪」

アヤが発した言葉を聞いたヒロは、それはそれはうれしそうに笑っていて、そして美嘉にとってもアヤの言葉はうれしくて仕方がなかった。

「美嘉マジでありがとな！」

「お～っと。アツアツだな！　火傷《やけど》しそうだわ」

「ノゾムてめぇいちいちうるせ～から！」

いつも見ているヒロとノゾムの言い合いも、今日はなんだか楽しい。

「俺、この香水毎日つけるから、ありがとな。美嘉、俺からのプレゼントも開けてみ？」

美嘉はヒロからもらった小さなピンク色の袋を開ける。

サンタクロースからプレゼントをもらった子供のように……開ける。

……しかし中身は空っぽだ。

「え⁇ 何も入ってないよ⁇」

袋をのぞきながら不思議そうに首をかしげる美嘉。

するとヒロは美嘉のまぶたに手のひらを当てた。

「ちょっと目閉じろ」

ヒロに言われるがまま目を閉じる。

真っ暗な視界の中、何やら左手に違和感が……。

「あ〜美嘉いいなぁ。うらやましい♪」

遠くなのか近くなのか……あいまいな距離から聞こえるアヤの甲高い声。

「よし。目〜開けてみ？」

美嘉は耳元で聞こえるヒロの声に一瞬体をビクッとさせ、そしておそるおそる目を開けた。

「……ぇえぇぇえ⁉」

左手の薬指には、キラリと光るシルバーの指輪。

顔を上げるとヒロの左手の薬指にも、同じ指輪がキラリ。

「つーかペアリングだから！」

ヒロは自慢げにそう言うと、照れくさそうに笑った。

……言葉が出てこない。これが感動で言葉を失うってやつなのかな⁇

「どうした？　うれしくなかったか？　袋に入れなくてごめんな。びっくりさせたかったんだ！」

美嘉は返事をせずにヒロに飛びつくと、ヒロはその勢いでじゅうたんの上に倒れた。

「うれしいよぉ～ありがとヒロ～ふぇ～ん……」

「あ～ヒロ君泣～かしたぁ♪」

「よしよし。泣くな泣くな！」

「さぁ～ハッピーエンドだし、また飲むぞ～！」

ノゾムの一声でパーティーは再開。

お酒を飲む三人の横で、美嘉は一人グレープジュースを飲みながらヒロからもらった指輪を何度も光にかざしてみた。

「なぁなぁちょっと外いかねぇー？」

美嘉の肩に手を回し甘えた声でそうつぶやくヒロ。

ジュースしか飲んでいない美嘉も、雰囲気やお酒のにおいに影響されて少しほろ酔い気味だ。

「ん～いいよぉ!!　外行こっか♪」

ゲームに夢中のアヤとノゾムを置いてこっそり部屋を抜け出す。

外は大粒の雪がちらちらと降っていて、街灯に照らされた雪の結晶が鮮明に浮かび上がりとてもロマンチックだった。

「うぅ～結構寒いね～……」

「ほら、風邪ひくぞ。お母さん！」

ヒロが美嘉の首にぐるぐるとマフラーを巻きつける。

「あったか～い!! ありがとっ♪」

うれしくなった美嘉は、降ったばかりの雪の上をぴょんぴょん跳びはねると、その衝撃でマフラーが取れて雪の上に落ちた。

ヒロは落ちたマフラーを拾ってていねいに雪をはらい、再び美嘉にマフラーを巻き髪をくしゃくしゃとなでる。

「おまえは～本当に世話のやける子だ。ほっぺすげぇ赤いし！ まぁ～そこがまた可愛いんだけどな」

雪はやむことなく降り続け、いつしか二人の鼻はトナカイのように真っ赤に染まっていった。

「もう真夜中過ぎたから、メリクリだねっ!!」

「だな！ 体冷やしたらいけないのに外に出させてごめんな」

「平気だよ!! なんかあったの？ 酔っちゃったの??」

「美嘉にどうしても渡してぇ物あって……あいつらのいる前じゃ渡せねぇから。これ」

ポケットを探り何かを取り出すヒロ。

「……手袋??」

ヒロがポケットから取り出したのは、黄色い毛糸の手袋だ。

それも……すごく小さいサイズの手袋。

「生まれてくる赤ちゃんに買った。まだ女の子か男の子かわからないから黄色にしたんだ」

美嘉は手袋を受け取ると、きつく握りしめた。

……赤ちゃん。あなたは幸せになれる。

だってこんなに想ってくれてる人がいるんだから……絶対幸せになれるよ。

小さい手袋は、赤ちゃんの小ささを改めて実感させる。

それと同時に、病院のモニターに映っていた赤ちゃんの姿をぼんやりと思い出した。

あんなに小さい口で、一生懸命呼吸している。

あんな細いへその緒で、一生懸命栄養をとっている。

あんなに小さい体で、一生懸命生きようとしている。

今美嘉のおなかの中で、必死に生きてるんだ。

大好きな人との赤ちゃん。愛するヒロとの……大切な大切な赤ちゃん。

ヒロありがとう、ありがとうね。

今日この日の事は、一生忘れないから……。

大粒の雪が目の中に降り落ちて、涙のように流れ出た。

家に戻るとさっきまで騒がしかったアヤとノゾムは、いつの間にかもう静かになりベッドの上で二人の世界を作っている。

おそらく美嘉とヒロの姿は目に入っていないだろう。

最初は見て見ぬフリをしていたが、二人の行為はだんだんエスカレートするばかりだ。

美嘉とヒロは冷えた体を温め合おうと、ベッドから毛布を奪い部屋の隅に腰を下ろす。

するとヒロは毛布を体全体にかけ、あぐらをかいている自分のひざの上に美嘉の頭を乗せた。

下から見るヒロはなぜかいつもより数倍カッコ良く、そして大人っぽく見える。

こんなにドキドキさせて、ずるいよ。

ヒロのほっぺに両手を当て、自分の唇へとヒロの顔を引き寄せる美嘉。

しかしどんなに頑張っても唇は軽く触れる程度しか近づかない。

ヒロはフッと微笑み、美嘉の頭の下にそっと手を入れてゆっくり持ち上げると、強く唇を重ねた。

ヒロとのキスは……大好き。

キスをしながら優しく頭をなでてくれるから。たくさんの愛を感じられるから。

いつもは口が悪くてすぐ怒って意地悪ばかりするヒロだけど……こんなに優しいキスができるのはきっと心が優しいからだね。

重なり合う唇があまりにも温かくて涙が出そうになった。

この幸せが、いつまでもいつまでも続きますように。

今は、ただただそう願うだけ……。

唇がそっと離れ、ヒロは美嘉の体を起こすときつく抱きしめた。

その体は心なしか震えているように感じる。

「ヒロ……どうしたの⁇」

体を離し、目線を地面へとずらすヒロ。

「……なんかわかんねぇけど、俺、緊張してる。なんかカッコわりぃな」

ヒロの言葉は美嘉の胸の奥を熱くし、それと同時に美嘉の胸にはあふれんばかりの愛しさが込み上げてきた。

「美嘉も……すごいドキドキしてるよ」

ヒロは優しい目で美嘉のおなかをじっと見つめている。

「赤ちゃんがここにいるんだな。なんかまだ信じられねぇよ」

「うん……」

「うれしくて最近寝れねぇーんだ。常に赤ちゃんの名前考えたり顔想像したりしてるし」

「ぷぷっ……バーカ!!」

「俺やっぱりおかしいかな?」

「……美嘉も、美嘉も同じだよ。だから、おかしくなんかない」

二人は目を合わせて微笑んだ。きっと心が……一つになったんだ。


赤ちゃん聞こえますか?? 二人の声は届いていますか??

先の事を考えると少しも不安がないわけじゃないよ。

だけどこの小さな命を絶対に守り抜きたいと思った。

何があっても絶対に守り抜きたいと、そう思ったんだ。

手を握り合う二人……まだ幼さの残る手。たった十六歳の小さなパパとママ。

まだ子供だと言われても、頼りないと言われても、それでも愛は誰よりも誰よりも大きい。

……大きい。

〝赤ちゃんはパパとママを自分で選ぶ〟

こんな言葉をどこかで聞いた事がある。

お腹《なか》の中にいる赤ちゃん。パパとママに美嘉とヒロを選んでくれて本当にありがとう。

固い決意と永遠を誓った二人は、強く握り合った手を離さなかった。

目を閉じて二人の赤ちゃんを想像してみる。

きっと、いや絶対可愛いだろうなぁ。

美嘉に似たらわがままになるかもね。

ヒロに似たらヤキモチ焼きになっちゃうかも……なんてそんな事言ったらヒロに怒られちゃうね。

大好きな人との赤ちゃんは、世界で一番大切な宝物だよ。

「……美嘉？」

名前を呼ぶと同時に美嘉の体を抱き寄せるヒロ。

「……ん⁇」

目を開くとそこにはヒロの柔らかい笑顔があった。

その笑顔が妙に安心をくれたのを今でも覚えている。

「美嘉と赤ちゃんはへその緒でつながってて、俺と美嘉は今こうして抱き合ってつながってる。今俺と美嘉と赤ちゃん、三人で一つなんだな」

毛布の中に響くヒロの声。

「うん、今三人で一つだね……」

……ヒロってなんでこんなに温かいんだろう。

「疲れたろ？　そろそろ寝ろ」

「ありがと……おやすみなさい」

今日は最高なクリスマスイブだった。きっと明日も最高のクリスマスになるね。

ヒロの胸に埋まり、そのまま二人は眠りについた。


「美嘉ぁ〜美嘉ぁ〜？」

誰かに呼ばれる声で夢から覚めた。この高い声はアヤだ。

「……あれ、アヤ起きてたの⁇」

「酔い冷めちゃったし目も覚めたぁ。ってかあたし達酔ってここでヤっちゃったみたい！　ごめ〜ん……」

「あ、全然気にしないでいいからっ‼」

「あ〜テンション上がってきた！　ほらまた飲むよ〜♪」

たくさん寝て元気になったアヤは、ノゾムとヒロを強引にたたき起こす。

「……うるせーな。げっ、まだ三時じゃね〜か」

「あ〜頭いてぇ」

すでに二日酔いのせいか、機嫌が悪いノゾムとヒロ。

「アヤごめん、美嘉ちょっと調子悪いから寝ててもいい⁇」

昨日から時々腹痛と吐き気に襲われる。

これ以上騒ぐのは厳しいと自分なりに判断し、美嘉は申し訳なさそうにアヤにそう言った。

「あら〜！　それは無理しないで寝なさ〜い♪」

「ごめんね。ありがとう‼」

安心して毛布にくるまっていると、ヒロは美嘉の頭をなで心配そうに顔をのぞき込んだ。

「大丈夫か？」

「うん、大丈夫。たぶんつわりだと思う‼」

ヒロがアヤ達のもとへ戻ったのを確認する。

そして床に横になった時、背中で何か固い物を押しつぶした。

「……痛ぁ、何これ⁇」

押しつぶしてしまったのはヒロのＰＨＳだ。

背中で強く押しつぶしたせいで、裏フタが取れてしまっている。

急いで直そうと思い、ＰＨＳと裏フタを持ち上げた時……ある事に気づいてしまった。

ＰＨＳの裏フタには、昼間四人で撮ったプリクラが貼ってある。

貼ろうって言ったら、恥ずかしいから嫌だって言ってたじゃん!!

もしかして本当は貼りたかったの?

でも貼ったのを隠すために見えない裏フタに貼ったの⁇

こそこそと裏フタにプリクラを貼っているヒロを想像すると、自然に笑いが込み上げてきて、美嘉は毛布で口を覆いながら声を出して笑った。

「何笑ってんだよ? ったく早く寝ろよ! チビ!」

笑い声が聞こえてしまったのか、ヒロが遠くから叫んでいる。

でも今何を言われたって……愛しさが込み上げてくるだけだよ。

どうやら三人はまた飲み始めたようで、しばらくの間は盛り上がっていたが、突然静まり返りアヤがひそひそと話す声が聞こえてきた。

「ね~、ぶっちゃけヒロ君は美嘉のどんなところが好きなのぉ⁉」

美嘉は寝ていると思っているのだろうけど、残念ながら会話はすべて丸聞こえだ。

それにしてもなんて気になる質問だろう。

その答えが聞きたくて、美嘉は息を止めて耳を澄ませた。

「そんなの、もったいなくて言えねーなー」

「え~いいじゃん♪ 教えてぇ~♪」

「こいつ入学した時から美嘉ねらいだったんだぜ!」

話に割り込むノゾム。

「え！　それマジで～⁉」

「ノゾム、てめぇ……」

「痛ぇ！　すまんすまん」

姿は見えないけど、おそらくヒロがノゾムにけりを入れたのだろう。

「ヒロ君は美嘉と付き合ってから浮気したことないのぉ～⁉」

「ねぇよ。俺、意外と一途《いちず》だから～」

「昔はひどかったけどな！　今は美嘉命だろ？」

「あたりめぇ～だろ！」

ノゾムの問いに、ヒロは自信満々に答える。

「美嘉を幸せにしてあげてね♪　泣かしたらあたしが許さないから！　ってか結婚しなよ！」

「おぉ、する！　おまえらも仲良くな～ってか近いうちにびっくりする報告あっから。俺も学校やめるしー」

「は？　おまえ学校やめんの？　なんでだよ！　俺、寂しいわ」

「まだ言わねぇよ。でもいい話だから楽しみにな」

こんな会話を聞きながら眠りについた。

カーテンのすき間からもれるまぶしい光で目が覚める。
あれ、いつの間にか寝ちゃったんだ。今何時かな⁇
寝ぼけていると誰かが近づく気配を感じ、美嘉は目を閉じた。
唇が軽く触れ合う、軽いキス。愛しいヒロとの……幸せなキス。
「う〜ん」
隣でうなり声が聞こえた。聞こえたのは確かにヒロの声だ。
今ヒロは美嘉にキスしてるんだよね⁇　なんで隣からヒロの声が聞こえるの⁇
そっと薄目を開ける。
……ノゾム⁇　ノゾムだ。
わかんない。なんでノゾムが美嘉にキスしてるの？
酔ってアヤと勘違いしてるのかな⁇
美嘉はとっさに寝返りを打つフリをして、唇を離し横を向いた。
やはり隣ではヒロが寝息をたてて気持ち良さそうに寝ている。
ノゾムはベッドに戻り、再び眠りについたみたいだった。
夜更かしした四人が目を覚ましたのは昼前。

「おっはぁ〜♪」

メイクは崩れ、つけまつげは横にずれて恐ろしい状態のアヤ。

「おは……うわっ、おまえマジやばいって！　妖怪……」

ノゾムがアヤの顔を見て大げさに後ずさりをする。

相変わらず仲のいい二人を見て、思った事はただ一つ。

今朝のキスは、やっぱり間違いだね。ノゾムは酔ってたからアヤと美嘉を間違えたんだ。

ノゾムも覚えてないみたいだし……もう忘れよう。

「おはよ〜美嘉」

「おはよっ!!　あ、ヒロ寝ぐせすごいよぉ〜!!」

少しだけ罪悪感を覚える。

「うるせーよ！」

ヒロは後ろから腕を回し、美嘉の首を絞めた。

「あ〜ギブギブギブギブ!!」

幸せの絶頂期だった。

ずっとこの幸せが続けばいいなって、そう思っていたのに……なのに。

「……おなか……痛い……」

突然襲った強い腹痛で、美嘉はその場に倒れ込んだ。

「えっ⁉ 美嘉大丈夫⁉」

美嘉のそばに腰を下ろし、大声をあげるアヤ。

「おなか……痛いよ………」

「ノゾム、わりぃんだけど車出せるか？」

ヒロは美嘉の手を握りながら冷静に言う。

「無免許でいいなら親父の車出すから！」

ノゾムは部屋のドアを勢いよく開け、車の鍵を取りに階段を駆け下りた。

ヒロに抱きかかえられ、美嘉は遠くなる意識の中、車へと運ばれた。

ノゾムは不慣れな手つきでエンジンをかけ、車を動かす。

ヒロは横になって今にも泣き出しそうな美嘉のおなかをさすり、手を力強く握った。

「美嘉、大丈夫だから。病院行ったらすぐ治るからな。心配すんな」

「……うん……」

「腹痛って何科の病院だっけ⁉」

あせってしどろもどろのノゾムの問いに、アヤが興奮状態のまま答える。

「えっと腹痛は〜内科！　内科だよ！」

ヒロはつないだ手をさらに強く握りしめると、静かにつぶやいた。

「……産婦人科」

車内は一瞬沈黙に包まれる。

「美嘉……もしかして妊娠してるの？」

沈黙を破り小声で問いかけるアヤ。ゆっくりとうなずくヒロ。

「バカァ～なんで言ってくれなかったの!?　相談のったのに……あたし誰にも言ったりしないのに……」

アヤは声をあげて泣きだしてしまった。

「俺、絶対誰にも言わねぇから。すぐそこの産婦人科に車止めるわ」

産婦人科に着き、美嘉はヒロに抱きかかえられて運ばれる。

しかし保険証は家に置いたままで手元にない。

アヤは美嘉の親に電話をかけ、状況と病院の場所を細かく伝えてくれた。

緊迫した空気の中、つないだ二人の手は次第に汗ばんでいく。

しばらくして保険証を持ったお母さんが息切れをしながら病院にやってきて、ぽつりとこうつぶやいた。

「心配したんだよ……」

受付を済ませると、美嘉はすぐに診察室へと呼ばれた。

「美嘉、大丈夫だから。頑張れな」

「うん、行ってくる。待っててね」

二人の手はいともあっさりと離れ、腹痛もだいぶおさまった美嘉は不安な気持ちを抱えたまま診察室に向かって歩き出した。

妊娠をしているという事、産みたいという事、ここ何日か腹痛があるという事を医者に事細かに説明する。

診察台に連れていかれ、前に一度したように下着を脱ぎ、腰から下にカーテンがかけられている診察台に足を乗せた。

ひんやりと冷たい器具が、膣に入っていく。

痛い……怖い……痛いよ……怖いよ……痛い怖い痛い怖い痛い。

心を落ち着かせようと診察台の横にあるモニターを見つめる。

……見えた。前も見た赤ちゃん、見えたよ。相変わらずちっちゃいね。

ポケットに入ったままだった、昨日ヒロからもらった黄色い毛糸の手袋を取り出し、両手で握りしめた。

でも、でもね……気づいてしまったんだ。

ちっちゃい手も足も頭も……動いていない事に。

診察室へと戻り、医者の言葉を待つ。

どうか、どうか悪い結果ではありませんように。

医者は顔色一つ変えずに、静かに話し始めた。

「残念ですが……流産です」

「……え」

視界が一瞬揺れてぼやけて見えた。医者は慣れているのか淡々と続ける。

「赤ちゃんは、二、三日前に亡くなっています。転んだりとかした覚えはないかな？」
二、三日前……ヒロの元カノが学校に来た。
写真の取り合いになった。肩を押された。転んでしりもちをついた。

……まさかその時⁉

医者はお母さんだけを診察室に呼び出し、流産した事を告げた。

流産……流産て何？　どういう意味⁉

赤ちゃんはどうなったの？　これからどうなるの⁉

美嘉はその日のうちに緊急入院して手術する事になった。

十二月二十五日、今日はクリスマス。

街はキラキラしたイルミネーションの中、カップルでにぎわっている。

美嘉も今頃ヒロと楽しく過ごしているはずだった。

それなのに……緊急入院とか流産とか何が起きたのかよくわからない。

誰か教えてよ。

診察室を出てヒロ達から見えない場所にあるイスにもたれかかっていると看護師に呼ばれ、二階の奥にある病室に案内された。

パジャマのような服に着替えさせられ、五つあるうちの一番窓側のベッドに横になる。

「何かあればボタン押してくださいね！」

病室から出ていこうとする看護師を引き止める美嘉。

「……流産って何ですか⁇」

看護師は一瞬だけ悲しげな表情を見せた。

「流産は、胎児が子宮内で死んでしまって妊娠が継続できなくなることです……」

胎児が・子宮内で・死ぬ。

赤ちゃん、死んじゃったの⁇　つい最近まで一生懸命生きてたんだよ⁇

お母さんは緊急入院した事をお父さんとお姉ちゃんに伝えるため、いったん病院を後にした。

窓の外の景色を見つめていると、病室のドアが開いた。

「お母さんから聞いたよ……あたし美嘉のそばにいるから」

「俺、絶対誰にも言わねぇし、アヤが言う通り俺らがそばにいっから」

お花を持ってお見舞いに来てくれたのはアヤとノゾムだ。

たくさん泣いたのだろうか、アヤの目は重くはれている。

「ん……ありがとね」

二人からの励ましの言葉はうれしかったけど、今の美嘉は無理に笑う事しかできなかった。

まだ信じられないんだよ。

だってまだお腹の中に赤ちゃんいるのに。

「ねぇ、ヒロ……は⁇」

ずっと気づいてて気づかないフリしてたけど、ヒロがいない。

二人は目を合わせて気まずそうな顔をしている。

「ヒロ君ね、美嘉のお母さんから流産したって聞いた時、走ってどっかに行っちゃった……」

「俺も一応追いかけたんだけど、追いつけなくて」

「……そっかぁ」

ヒロも同じくらいつらいはずだよ。

だって赤ちゃん産まれるのすごい楽しみにしてたもんね。

♪ブーブーブー♪

枕の下に置いてあったPHSのバイブが鳴った。

ヒロかもしれない……そんな淡い期待を抱きながら枕の下に手を入れる。

【受信メール一件】

震える手で受信BOXを開く……しかし受信相手は地元の友達から。

期待した分、がっかりしながらPHSの裏側を見ると、昨日四人で撮ったプリクラが貼ってあることに気づいた。

この時はもう赤ちゃん動いてなかったのかな。

昨日まであんなに楽しかったのに……今はこんなにつらい。

「もう大丈夫だから、ありがとねっ!!」

アヤとノゾムにお礼を言い、入口まで見送る。

二人と入れ違うかのようにお見舞いに来てくれたのは、お母さんに報告を受けたお姉ちゃんとお父さんだ。

お姉ちゃんとは歳が二つ離れていて、姉妹と言うよりは友達みたいな関係である。

今回の妊娠の事も何度か相談しようと迷ったけれど、結局話せずじまいだった。

布団を深くかぶり、窓のほうを向く美嘉。

駆け落ちもどきをしてしまった手前、お父さんの顔が見れない。

お父さんは何も言わずに布団の中から美嘉の手をそっと取り出し、両手で包むようにして握った。
そっぽを向いていたからわからないけれど、きっと……泣いている。
だってね、握った手がかすかに震えていたから。
お姉ちゃん、いつも一番に相談してたのに話せなくてごめんね。
お父さんお母さん、言うこと聞かずに勝手な事してごめんね。
美嘉が、美嘉がもっと大人で、もっと強かったら赤ちゃんは生きられたのかな。
光見る事ができたのかな。
……母親失格だね。

ヒロは結局戻ってこなかった。連絡さえもない。
ヒロは美嘉がピンチの時には必ず助けに来てくれるスーパーマンなのに。
……あれ⁇　なんでそばにいないの⁇　おかしいな。
窓の外ではしんしんと雪が降っている。
指輪をプレゼントしてくれて、外でマフラーを巻いてくれた。
「赤ちゃんに」って黄色い手袋を買ってくれたね。
すべて昨日の出来事なのに、ずっと昔のように思える。
ヒロの事を考えると胸がきゅっと締めつけられて苦しくて、それと同時におなかがズキッと痛んだ。

ヒロ……ヒロに会いたいよ。笑顔で「産んで」って言ってほしいよ。

「大丈夫だから頑張れ」って手を握ってほしい。

一人じゃ不安でどうしようもないよ……。

ひんやりとした布団にくるまり、窓の外を見つめながらひたすらヒロの姿を探した。

いつの間にか寝てしまったみたいで、美嘉はざわざわとうるさい周りの声で目を覚ました。

ベッドの周りには、カーテンがかけられている。

「うるさくてごめんね。みんな手術予定の人達なんだよ！」

カーテンを開けて入ってきた看護師は、注射をしながらそう言った。

手術って、中絶手術のこと⁇

美嘉は中絶なんて……したくない。赤ちゃん産みたいんだよ。

隣のベッドからは、カップルの楽しそうな笑い声が聞こえる。

……どうして笑っていられるの⁇　美嘉は笑う事なんてできないよ。

一人の命がもうすぐ絶たれようとしてるんだよ⁇

あんな小さい体で一生懸命生きていて、いつか明るい光を見る事を夢見て頑張ってるのに。

　でも産めない理由は人それぞれだから、仕方ないのかな。


「手術室へ移動しますよ～」

　看護師が再びカーテンを開け、美嘉をタンカに乗せる。

　枕元に置いたヒロからもらった手袋に手を伸ばしたが、結局あと少しというところで届かず、心の準備ができないまま手術室まで運ばれた。

　ヒロはいない。手袋もない。美嘉は……独りぼっちなんだ。

　薄暗い電灯の下にある手術台を囲む二人の看護師。

　手術台に乗せられ、下着を脱がされる。

　手足をベルトみたいなものできつく固定された時、美嘉の頭の中ではレイプをされたあの日。

　……手足を押さえつけられた時の記憶がよみがえった。

　これから始まる手術の不安と恐怖で、体の震えが止まらない。

　逃げたくても、もう逃げられないんだ。

　看護師は美嘉の腕にチクッと注射を打つ。

「目を閉じてゆっくり三秒を数えてくださいね。いち……に……さん」

　最後まで言い終わらないうちに意識が遠くなっていった。

夢を見ていた。

まぶしい光の中でヒロが赤ちゃんを優しく抱いていて、ヒロも赤ちゃんも幸せそうに笑っている。

「また会おうね」

遠くから誰かの声が聞こえる。

美嘉はそんな二人を暗い場所から見ていた……そんな夢。


夢から覚めた美嘉の目からは涙がこぼれ落ちていた。

「目は覚めた？　大丈夫？」

まだ麻酔が効いてる美嘉の体を抱き起こすお母さん。

「あれ、お母さんだぁ……」

「手術無事終わったって。お父さんもお姉ちゃんも心配してたよ！」

そう言えばさっき手術して……それで赤ちゃんを……。

体が跳ね上がるくらいズキッと痛み始めるおなか。

「お母さん……ヒロは⁇」

重い体を支えながら、美嘉はか細い声で小さな望みを託す。

深刻な面持ちで黙り込むお母さん。それは悲しい結果を表していた。

ヒロ……戻ってきてくれなかったんだ。

嫌われちゃったのかな。

「もう少しで麻酔さめると思うから、それまで寝てなさい」

お母さんが優しく布団をかけると、美嘉は眠りについた。


次の日。

用意を終え、お母さんに支えられながら病院を出る。

外は雪が降っているのに、夕日のせいかほんのり温かい。

まぶしい光に手のひらで目を覆ったその時……。

「……ヒロ⁇」

病院の玄関の前には、ヒロが立っている。

気をきかせてくれたのか、お母さんは「待ってるから家に帰っておいで。何かあったら電話しなさい」と言って帰っていった。

美嘉はまだ痛みが残っているおなかを押さえながらヒロがいる場所まで走り、ヒロの腕を強くつかんだ。

そうじゃないとヒロが消えてしまうような気がしたから。

「ヒロ、なんで戻ってきてくれなかったの⁇　美嘉一人で寂しかった……怖かったよ……」

遠くを見つめながら立ち尽くすヒロの手は震え、ほっぺが赤く染まっている。

ヒロの手を握ると氷のように冷たい。

背伸びをして両手でほっぺを触ると、やっぱり氷のように冷たい。

ヒロの頭には雪が積もっていて、溶けた雫が地面にぽたぽたと流れ落ち、時折、美嘉の顔にも落ちてくる。

「どうしたの？　なんでこんなに手もほっぺも冷たいの⁇」

ヒロは遠くを見つめたまま話し始めた。

「ずっとお祈りしてた……」

「……お祈り⁇」

右手を前に出し、握りしめていた指をゆっくりと開くヒロ。

ヒロが握っていたのは、小さなお守り。

ずっと握っていたのか、ヒロの汗で湿っているように見える。

【安産】と書かれている……小さなお守り。

「ずっと神社でお祈りしてた。俺と美嘉の赤ちゃんが、助かるように……ずっと……お祈りしてた……」

美嘉はヒロの言葉を聞いてその場で泣き崩れた。

ずっと我慢していた涙が一気にあふれ出る。

「ヒロ、もう赤ちゃんはいないの。美嘉のおなかに赤ちゃんはもういないんだよ……」

ヒロの目からは涙が一粒流れ、手からは安産のお守りが雪の上にポトリと落ちた。

雪の上に座り込む美嘉に現実が襲う。

もう赤ちゃんはいない。

そんな事はわかってた。

だけど……たとえ生きていなくても……ずっとおなかの中にいてほしかった。

小さい赤ちゃん。

二人の赤ちゃん。

ずっとずっといてほしかった……。

一緒になって雪の上に座り込み、美嘉の体を強く抱きしめるヒロ。

流れ落ちる温かい涙が……雪を解かす。

二人は抱き合ったまま、子供みたいに声をあげて泣いた。

地面に落ちた安産のお守りの上にはいつしか雪が降り積もり、だんだんと見えなくなっていった。

「やべ……美嘉のコートに鼻水たくさんついちゃった」

「えっ、あはは、鼻水だぁ」

落ち着いてきた二人は涙と鼻水でぐじゅぐじゅの顔を見合わせる。

「俺カッコわりぃな」

「ヒロっ鼻水すごいよ、びよ～んって伸びてるっ!!」

「おまえも出てんぞ～鼻水！」

お互いの鼻水を指でふきながら二人はクスッと笑い、大粒の雪が降る中、手をつないで家へと帰った。

赤ちゃんはいなくなってしまったけど、ヒロとの絆《きずな》が深くなった……そんな日だった。

それからしばらくは家で安静にして、ヒロは毎日お菓子を持って会いに来てくれた。

ヒロの両親にもすべてを報告し、アヤ、ノゾム、ミナコさんは心配して毎日のように連絡をくれた。

流産した事は、とてもつらくて悲しくて……そして苦しい事。

だけど失った物ばかりではなく、得た物もある。

家族や友達、そしてヒロがいて良かったと改めて知る事ができたんだ。

手術から五日後の十二月三十日。

今日は手術後の検査をするためヒロと病院に来た。

明後日から正月という事もあり、この日にしてもらったのだ。

診察台に乗り、冷たい器具が膣に入ってくる。

モニターを見て、赤ちゃんがいない悲しい事実を改めて実感した。

「異常はないですね。大丈夫です」

診察室での医者の言葉に美嘉は胸をなでおろす。

「しかし……もしかしたらこれからは赤ちゃんを授かりにくくなってしまうかもしれないですね……」

「え⁇ それって……」

「絶対という事ではありません。ただ、妊娠しにくくはなってしまうかもしれませんね」

「それって流産したからですか⁇ 流産したら次から流産しやすくなるって聞いた事あるんですけど、だからですか？」

「もっと詳しく検査した方がいいと思います。明日病院に来てもらえますか？」

「わかりました……」

医者からの衝撃的な言葉を信じたくない自分と、心のどこかでわかっている自分がいる。

診察室を出た時、一人の看護師に呼び止められた。

「呼び止めてごめんね。これあなたのお母さんがどうしたらいいかわからなかったみたいで私が預かって、本当は処分しなきゃならないんだけど、どうしてもできなくて」

看護師が差し出したのは二枚の薄っぺらい写真。

赤ちゃんがまだ生きていた頃の……エコー写真。

美嘉はそっと写真を受け取った。

「……ください」

二枚の赤ちゃんの写真。白黒だけど、形はなんとなくわかる。

写真の中には、小さい文字で何か書かれていた。

【'00/12/09*17:08:18】

……きっと十二月九日十七時八分十八秒にこの赤ちゃんの写真が撮られたんだ。

【'01/07/16】

……七月十六日が産まれる予定日だったのかな。

小さいね。赤ちゃん。小さい体で生きてくれてたんだね。

美嘉は写真を握りしめてヒロの元へ走った。

息を乱してヒロに写真を手渡す。

「この写真……俺らの赤ちゃん？」

「そうだよっ!!」

「ちっちぇーな。美嘉に似てちびっこじゃねぇ？　きっと可愛かったんだろうな」

ヒロは下を向き、写真の上にポツリと涙を落とした。

「手袋はめさせてやりたかったな……」

ヒロ、美嘉ね、もう赤ちゃんデキないかもって言われた。

でも今は言わない。言える日が来るまでもう少し待っててね。

「もしいつか二人目の赤ちゃんを産んだときは、この子の分まで幸せにしてあげようね!!」

ヒロは下を向いたまま、大きくうなずいた。


十二月三十一日、今日は新年間近の大晦日《おおみそか》。

美嘉は病院へは行かないと決めていた。

もう赤ちゃんがデキないかもしれない……その結果を聞くのが怖い。

「……かもしれない」ならまだ望みはあるから。

ちゃんとした結果を知りたくないから病院へは行かなかったし、それについては誰にも相談しなかった。

病院へは行かず、二人は待ち合わせをして水子供養をするため予約した時間にお寺を訪れた。

お坊さんに流産した事を伝え、供養が始まる。

すべてを終えると、お坊さんはささやくように話し始めた。

「赤ちゃんは女の子だったみたいですね。亡くなった赤ちゃんの事は、ずっと忘れないであげてくださいね。それが赤ちゃんにとって一番の供養なんですよ」

「……赤ちゃんは、天国に行けますか⁇」

美嘉の問いにお坊さんは優しく笑って答えた。

「大丈夫ですよ。赤ちゃんはちゃんと天国に行きます。あなた達を怒ったりはしていません。またいつか、あなた達の所へ戻ってきてくれますよ」

顔を見合わせる二人。

お坊さんの言葉は、二人の心を少しだけ救ってくれた。


「赤ちゃん、女の子だったんだなー」

供養の帰り道、寂しげにつぶやくヒロ。

「うん……」

「どっか場所決めて、毎年クリスマスにお参り行かねぇ？　そしたら赤ちゃんは自分の存在忘れられてないんだって喜んでくれるかもな」

「それいいね!!　でも、どこにする⁇」

「そうだな〜俺らが出会った場所が学校だから、学校の近くに公園あったよな。そこにしねぇ？」

「うんっ、いいよ!!」

コンビニで小さい花を買い、学校近くの公園へと向かう。

「ここかいいんじゃね？」

ヒロが指差したのは公園のはじっこにある花壇。

「うん!!　ここにしよっか!!」

花壇に花を置き、二人は目を閉じて手を合わせる。

赤ちゃん……産んであげる事ができなくてごめんなさい。

小さい体で一生懸命生きてくれていたのに、弱いお母さんでごめんね。

また、またいつか会えるよね⁇

少しの間だったけど、幸せな時間を本当にありがとう。

「またいつか産まれてこいよー！」

突然、空に向かって大声で叫ぶヒロ。

「……産まれてきてね!!」

美嘉もヒロのマネをして空に向かって叫ぶ。

「そしてこの公園で、パパとママと三人で遊ぼうなー！」

「遊ぼうねっ!!」

ヒロは少し寂しげに笑うと、美嘉の頭を軽くたたいた。

「マネっ子美嘉〜！」

「マネしてないよ〜あっかんべ〜♪」

「美嘉、また来年ここに来ような？」

「来年〜？　毎年だよ!!　来年も再来年もずっとずっとずーっと二人で来るの!!」

「ははっ、そうだな。約束だな」

少しだけ、ほんの少しだけ大人になれたかもしれないね。

二人は、隣に並んだまま新しい道を歩き始めた。

二章　恋涙

振り向いて

年が明け、冬休みも終わり今日から新学期。

相変わらず外は寒いのでマフラーをきつく巻いて学校へと向かう。

「明けましておめでと～♪　美嘉、大丈夫？」

アヤと会うのは流産したあの日以来だ。

「アヤ、いろいろとごめんね!!」

「気にしないで、ノゾムも心配してたよ！　つらいけど頑張ろうね！」

「うん、ありがとっ!!」

アヤは周りを見渡し誰もいない事を確認すると、ひそひそと小さい声で話し始めた。

「ヒロ君とはどうなったの？」

「いろいろ大変だったけどね、どうにか続いてまぁ～す!!」

「良かった良かった♪　さっきノゾムと話してたんだけど～ヒロ君って、顔変わったよね！」

アヤはＰＨＳの裏に貼ってある四人で撮ったプリクラを見ている。

「えっ、そうかなぁ⁇　いつも見てるからわかんないやぁ‼」

「うん♪　なんか顔が優しくなったよね～って話してたのぉ～！」

顔が優しくなった⁇　言われてみたら確かにそうかもしれない。

初めて会った時は怖いと思ったのに、今は怖いと思わない。

ギャル男だし、軽そうだし、怖いし、全然タイプなんかじゃなかったのに、なぜか今はヒロの顔が美嘉のタイプになってしまっている。

これから不安になる時もあるし、ケンカする時もあると思うんだ。

でも二人でいろんな事を乗り越えて、頑張っていこうね。

美嘉はヒロの事が大好きだよ。

二人の心は抱き合って泣いたあの日、確実に通じ合った。

だからね、これからもずっと一緒にいられると思ってたんだ。

……思ってたんだ。


雪解けて、季節は春。

ポカポカとあたたかい陽射《ひざ》しの中で三学期最後の授業を受けていた時、ポケットの中でPHSが震えた。

♪ブーブーブー♪

受信：ヒロ
《ツギノジュギョウ、ナニ？》
先生の目を盗んで返信をする。
《タイイクダヨー》
ヒロからの返事はいつもソッコーだ。
《サボロウゼ！》
《スゲェトコツレテク》
すごい所って……どこ⁇　そんな事言われたら気になるよ。
《リョウカーイ！》
迷うことなく返信。
授業なんかどうでもいいよ、ヒロと一緒にいたいんだもん。
授業が終わり玄関まで走ると、そこにはヒロが待っていた。
靴を履き替えていると、後ろから学年主任の先生がやってきた。
「コラ！　おまえ達どこ行くんだ？」
「外で体育なんすよ～」
ヒロが〝話を合わせろ〟と目で合図をしている。
「そ～で～す！　体育なんで～す!!」

先生は一瞬だけ納得したが、すぐ嘘に気づいたみたいだ。

「嘘つくな。おまえ達クラス違うだろう！」

「やべ～美嘉逃げるぞ！」

ヒロは美嘉の手をぐいっと引っ張り、自転車置場まで猛ダッシュするとカバンを乱暴にカゴに入れ、美嘉を自転車の後ろ座席に乗せた。

「しっかりつかまってろよ！」

すごいスピードで自転車をこぎ始めるヒロ。

後ろからは学年主任の先生が走って追いかけてきている。

「あっ、ヒロっ!!　先生追いかけてきてるし～!!」

「待ぁてぇ～！」

ものすごい形相で叫びながら追いかけてくる先生。

「美嘉～何か言ってやれ！」

「え～何言ったらいいの!?」

「普段言えねぇ事！」

美嘉は少しの間考えて、先生に向かって大声で叫んだ。

「先生の、のーろーまー!!」

「……おまえら明日覚えておけよ！」

言葉と同時に先生の姿は見えなくなった。

「キャー!! 明日覚悟しなきゃね～♪」

「美嘉～よく言った！　えらい！」

逆風に向かいながら二人は大笑いした。


キキーッ。

学校を出てからしばらくたって、自転車が止まる。

ヒロは自転車から降りると後ろ座席を親指で差した。

「俺の後ろは美嘉の特等席だから」

「……うんっ!! 美嘉だけの特等席だねっ!!」

跳びはねる美嘉の視界の先には、タンポポが所々に咲いていて、きれいな水がチョロチョロと音をたてて流れている川原がある。

「美嘉をここに連れてきたかったんだ！」

「何ここ～!? すごーい!!」

「この川原は俺が見つけた特別な場所。二人だけの場所にしようぜ。ケンカしたりした時はここで仲直りしような！」

「わーいわーい。ヒロと美嘉の二人だけの場所だぁ！　ヒロ大好き～！」

ヒロは照れくさそうに頭をかいた。

その日二人は結局学校には戻らず、暗くなるまで川原にいた。

次の日……終業式が終わって明日から春休みだというのに、先生に呼び出された。

理由はわかってる。昨日学校を抜け出した事だろう。

「失礼しまぁ～っす」

ため息をつきながら職員室のドアを開けると、おそらく同じ理由で呼び出されたであろうヒロがすでにいて、二人は目を合わせて舌を出した。

「おまえ達、昨日どこに行ってたんだ？」

二人に向かってあきれたように問う学年主任の先生。

「どこも行ってないっすよ～。なー美嘉！」

「そーですよぉ～具合悪いから帰っただけで～す!!」

「嘘つくな。じゃあなんで逃げた？」

「逃げた覚えはありませ～ん。先生が遅かったんだも～ん!!　ね??」

無理やりな言いわけをしてヒロに助けを求める。

「大当たり～美嘉はさすがだな！」

先生はタバコの煙を口の奥深くから吐き出した。

「……ったくおまえ達には負けるな。これからはサボるなよ？　そういえば、おまえ達、春休みに補習はないのか？」

「「は⁉　春休みなのに補習なんてあるの⁉」」

不満げに声をそろえる二人。

「おまえ達、担任の話ちゃんと聞いてたか？　テストで赤点とったり、出席日数足りない生徒は春休みの間、補習あるんだぞ。確か配ったプリントに書いてあったはずだが……あ、あった。これだぞ」

ヒロはプリントをまじまじとのぞき込んでいる。

「つーか俺、補習じゃん～マジありえね～」

「ぷぷっ!!　ヒロ補習なの⁇　かわいそうに……」

手で口を押さえながらわざとらしく同情する美嘉。

「残念ながらおまえもだ」

先生が美嘉の肩に手を置く。

「美嘉もかよ！　かわいそうに……」

ヒロが手で口を押さえながら、笑いをこらえて同情している。

こうなれば一か八か、色気作戦で補習をまぬがれるしかない。

「やだ～やだやだ先生許して～!!　お・ね・が・い♪」

「まぁ二人とも頑張れよ！」

色気作戦はあっけなく失敗に終わり、先生は二人の肩をポンとたたいて去っていった。

春休み中は毎日補習だったけれど、二人とも補習のお陰で毎日学校で会えるし、補習が終わると川原に行ったりお互いの家に行ったりしてそれなりに楽しく過ごした。

そうして春休みはあっという間に終わる。

――四月。美嘉は高校二年生になった。

新学期と言えばクラス替えだ。

アヤとノゾムとは同じクラスになれたが、ヒロとユカとは離れてしまった。

ヒロは休み時間ごとに教室に遊びに来てくれて、美嘉とヒロとアヤとノゾムは四人で集まって毎日を過ごしていた。

クラス替えをしてから一カ月。

この日も学校を抜け出してヒロと川原で遊んでいた。

初めてここに来た日から二人はよく川原に来ている。

時には学校を抜け出して、時には放課後に。

日差しで温かい地面に、冷たい川の水が心地良い。

「今日めっちゃ天気いいね♪　なんか眠くなってきたぁ～!!」

美嘉が草をむしりながらそう言うと、ヒロは地面にごろんと転がった。

「こっち来い！　一緒に寝ようぜ」

ヒロは地面に横になった状態で美嘉に手招きをしている。

美嘉はヒロの腕枕に転がり、ヒロの胸に埋まった。

Yシャツからはクリスマスプレゼントにあげたスカルプチャーの甘い香りがかすかに漂う。

「やべぇ～俺、幸せだ」

「美嘉も幸せ～っ!!」

「早く結婚してぇな」

「うん♪　ヒロは美嘉の事好きっ⁇」

ぷいっと横を向いて答えるヒロ。

「……まぁ」

「美嘉の事どれくらい好き～⁇」

ヒロの横顔は少し照れたように見える。

「んな事言えねぇよ」

「え～!! なんでぇ⁇」

美嘉がほっぺに空気を入れてぷくーっと膨らませると、ヒロはせき払いをしながら答えた。

「つーか照れんだろ！」

美嘉はほっぺを膨らましたまま、体をむくっと起こし、川へと歩き出す。

「美嘉？ どこに行くんだよ？」

美嘉はヒロの言葉を無視し、その場に座り込んで川の水を触っていると、突然後ろからがばっとヒロに抱きしめられた。

「美～嘉ちゃん！ いじけんな？」

「だってどれくらい好きか言えないんでしょっ!! もういい……」

最後まで言い終わらないうちに、強く唇を重ねるヒロ。

「……これぐらい好きだから。わかったか？」

「……う、うん」

突然のキスに美嘉の思考が停止し、顔が熱くなっていく。

「おまえが照れんなよ。俺まで照れんだろ！」

ヒロはそう言って熱くなった美嘉のほっぺを指で突いた。

この先ヒロが隣にいてくれるのなら、美嘉は何があっても怖くないよ。
この時ね、心から強くそう思ったんだ。
しかしそれから三日後に思いがけない事が起きる……。

今日は朝から雨が降っている。こんな日は学校へ行くのが憂鬱だ。
横から降りつける雨で制服が濡《ぬ》れ、体を震わせながら教室に入った。
ヒロは川原に行った日からずっと、風邪で学校を休んでいる。
そういえば……苦しそうにせきしてたもんね。
早く会いたいな。ヒロの風邪が早く治りますように。
教室に着いたがいつも元気にあいさつをしてくるアヤの姿が見当たらない。
「ねぇ、アヤは⁇」
近くにいたノゾムに問いかける。
「休みだって〜」
アヤが休むなんて珍しい。今は風邪がはやってるのかな⁇
美嘉が席に着いたと同時に教室のドアが乱暴に開いた。
ドアに目を向けるとそこにはヒロがいる。
ヒロは険しい表情でこっちへ向かい、強引に美嘉の腕を引いた。

「……あれ⁇　ヒロ風邪は治ったの⁇」

ヒロは美嘉の問いに答えず、隣にいるノゾムに向かってつぶやく。

「ノゾム、後でおまえに話あっから」

そしてヒロは強引に美嘉を廊下へ出し、体を強く壁にたたきつけた。

「痛……何すんのっ⁉」

「美嘉さ〜俺に話す事ない？」

美嘉をまっすぐ見るヒロから目がそらせない。

「え……⁇」

ヒロは返事をせかすように舌を巻きながら話し続ける。

「ノゾムの事でなんか俺に話あるよな？」

状況が理解できない。ヒロの言葉が耳に入らない。

言葉を返せずにヒロから目をそらすと、ヒロの表情はみるみるうちに変わっていった。

「おまえノゾムとキスしたんだろ？」

記憶をたどる。

ノゾムとキス……。

クリスマスイブの夜にノゾムが酔ってアヤと間違って美嘉にキスをしてきた。

でもノゾムはキスした相手が美嘉だなんて知らないはずだよ⁇

「……ノゾムに聞いてみて⁉」

ヒロは教室にいるノゾムを無理やり連れて、再び廊下に戻って来た。

「なんだよ？」

ヒロは不機嫌そうにそう言ったノゾムの胸ぐらをつかむ。

「なんだよじゃねぇよ。てめぇ美嘉とキスしたんだろ？」

ノゾムはしてないって言うよ。

だって気づいてないはずだから。美嘉とアヤを間違えただけだから。

「……あぁ、したよ」

開き直ったように認めるノゾム。

え……ノゾムは美嘉だってわかっててキスをしたの⁇

鈍器で頭を殴られたような感覚にめまいがする。

「だってあれは……」

美嘉の言いわけを最後まで聞かずに、ヒロが大声で叫んだ。

「てめぇ人の女に手出してんじゃねーよ。ふざけんな！」

ヒロはノゾムの頭を壁に押しつける。

その瞬間ヒロの拳がノゾムの頬を強く直撃し、ノゾムは鼻血を出してその場に倒れ込んだ。

「……ヒロ!!　待って!!」

ヒロは美嘉の手を振り払い、自分の教室へと帰っていった。

初めてだった、ヒロが美嘉にあんな怖い顔を見せたのは……。

美嘉は倒れているノゾムにハンカチを差し出す。

「ノゾム……美嘉ね、あの時起きてたんだ。でも美嘉とアヤを間違えてしたんじゃないの⁇　よくわかんない。説明して……」

「ごめんな」

ノゾムはそう言って美嘉の手からハンカチを受け取り、鼻血をふきながらゆっくりと説明を始めた。

〝ノゾムは少しだけ美嘉の事が気になっていた時期があった。だけどアヤと付き合ってから、アヤを本気で好きになった。でも、クリスマスイブの夜に四人で飲んだ時、みんなは寝ていたし少し酔っていた事もあって、美嘉に軽い気持ちでキスをしてしまった。後からキスした事をすごく反省して、それを親友であるショウという男に話して相談を持ちかけた……〟

ノゾムが説明してくれたのはこんな内容だった。

「ノゾムが相談したショウって確か今ヒロと同じクラスだよね⁇」

「おぅ」

「じゃあショウがヒロにチクッたって事⁇」

「それしかないよな。信じてたから相談したのに……なんかヒロ誤解してるよな。俺が勝手に美嘉にキスしただけなのに、ごめん」

「ノゾムは今アヤの事、ちゃんと好きなんだよね……⁇」

ノゾムはしばらく沈黙を続け、静かにうなずいた。

深い穴にどんどん落ちていくような……まさに美嘉の今の状況にはそんな表現がぴったり当てはまるだろう。

もしアヤの耳にこの話が入ったらどうなるの⁇

それに……ヒロ、ものすごく怒ってたね。

美嘉はずっと、ノゾムはアヤと美嘉を間違ってるんだと思ってた。

誰も知らなければそれでいいと思った。

ずっと言えなくて……隠しててごめんなさい。

それから何回もヒロにメールを送ったが、返事は来なかった。

教室まで会いに行く勇気もない。電話をする勇気もない。

昼休みになってもヒロから返事が来なかったので、これで最後にしようと二通のメールを送った。

《ホウカゴハナソウ》

《トショシツニイマス》

放課後……ほんの少しの望みに期待しながら図書室のイスに座り、顔を伏せる。
ヒロとここで愛し合った事もあったね。
来てくれるよね⁇　説明したらちゃんとわかってくれるよね⁇
しかし夜になっても結局ヒロは来なかった。
帰り道、歩きながら見上げた空には散りばめられた小さな星。
それはまるで手を伸ばせば届きそうなくらいに……。
いつもなら隣にヒロがいて、「星取って〜‼」って冗談で言えば「ったくガキだな〜」
とか言って笑いながら頭クシャクシャしてくれていたのにな。
一人じゃ全然届きそうにもないよ。
ヒロ……ヒロと一緒にヒロの隣で星が見たいよ。
家に着き、勇気を出して電話をかけてみた。しかし電話は予想通りつながらない。
電話に出ないならメールしかない。
メールはもう送らないつもりだったけど、手が自然に動いて止まらなかった。
今日ノゾムから聞いた話をすべて書いてヒロに送信する。
♪ピロリンピロリン♪

メール受信：ヒロ
ヒロからはすぐに返事が来た。震える手で受信ＢＯＸを開く。

《ゴメン、ワカレヨウ》

ＰＨＳを持っている手がさらに激しく震え、胸がドクンと高鳴る。

どうしても声が聞きたくて、ヒロに電話をかけた。

『留守番電話サービスです』

メールを返してくれたって事は、電話にも出られるはずだよね。

どうして出てくれないの⁇　仕方なくメールを返す。

《ナンデ⁇》

ヒロからは一分も経たずに返事が来た。

《クルシイ》

ヒロ、メールだけじゃ何もわからないよ。気持ちも言いたい事も伝わってこない。

何度電話をかけてもずっと留守番電話のままなので、美嘉は連絡を取ることをあきらめた。

明日ヒロの教室まで会いにいく。会ってちゃんと話をしたいから。

♪プルルルルル♪

その日の夜中の二時に鳴った突然の電話。

美嘉は寝ぼけ半分で出た。

『ふぁい……もしもし』

『俺だけど……』

『……ヒロ!!』

待ち望んでいた電話が来た。

『おぅ。今窓から顔出せるか？』

布団から出て窓を開けると、そこにはヒロが立っている。

「ヒロ……どうしたの⁇　こんな時間に……」

少し寂しげに微笑んで、美嘉の寝ぐせをそっと触るヒロ。

「突然話したくなって……今話せるか？」

「……家抜け出してそっちに行くからっ!!」

静かに玄関から外に出て、ヒロの元へ走った。外は静まり返っていて車の音さえ聞こえない。

「こんな時間にごめんな」

「美嘉ね、ヒロにちゃんと説明したくて……」

「説明しなくてもわかってる。ノゾムから全部聞いたし、俺、美嘉の事信じてっから。誤解してごめんな」

せき込みながら話すヒロの声が静まり返った空間に響き渡る。

「ずっと考えてた。俺、美嘉がほかの男とキスしたのマジで悲しかった。だから別れたら楽になると思った。でも赤ちゃんの写真見て……俺、美嘉の事すげー好きだし、やっぱり別れたくねぇよ」

美嘉はヒロの手を強く握りしめる。

「美嘉も別れたくないよ……ごめんなさい」

ヒロは美嘉の唇を冷たい指先でなぞった。

「……何回された？」

「えっ⁇」

「ノゾムに何回キスされた？」

「たぶん三回くらいかな……」

「じゃあ俺はその十倍の三十回するから」

ヒロはそう言って本当に三十回キスをすると、ゆっくり唇を離し美嘉の頭を自分の胸へと押しつけた。

「もう俺以外とはすんなよ？」

「……絶対しないよ」

美嘉はヒロのあったかい胸の中で涙があふれそうなのを必死でこらえた。

「もう明るいね!!　ってか今日学校じゃん!!」

朝が近くなり、鳥の鳴き声に負けないよう大声を張り上げる。

「美嘉は帰って寝ろ。俺はたぶん寝れねぇから寝ないで学校行くわ。遅刻すんなよ！」

「ヒロもねっ♪　来てくれてありがとう!!」

「おぅ。じゃあ今日学校でな！」

本当はもっともっと一緒にいたい。

だけど……そんなわがまま言ったらダメだね。

ヒロは美嘉の頭をポンとたたき手を振って帰っていく。

美嘉はヒロの姿が見えなくなるまで手を振った。


一時間弱しか寝てないため寝不足のまま学校に向かう。

「美嘉～おはよぉ♪」

教室に入ると同時にあいさつをしてきたのは……アヤだ。

アヤはノゾムとの事をどこまで知っているのかな。

これからの事を考えると非常に気が重い。

「ノゾムから聞いたよ！　キスした事も、ノゾムが美嘉を気になってたこともねぇ！」

「……えっ⁇」

「あたし実は寝たフリして見てたんだぁ～ノゾムが美嘉にキスしてるところ。だから美嘉が悪くないの知ってるよ！」

納得したように何度もうなずきながら話し続けるアヤ。

「昨日ノゾムとちゃんと話したんだぁ。今はあたしの事を好きって言ってくれたから許しちゃった！」

「……アヤ、ごめんね」

「気にすんなってぇ！　それよりヒロ君とはどうなったの？」

「別れようって言われたぁ……でも夜中にヒロが会いにきてくれて仲直りしたんだ。朝まで話してたの!!　今日も会う予定!!」

「それなら一件落着だね！　ノゾムはきつ～くしかっておくからぁ♪」

もうダメかと思ったから、ヒロと仲直りできた事はすごくうれしい。

別れそうになって、改めてその人の大切さに気づくもんだね。

ヒロと別れそうになって絶対に離れたくないと……強く思ったんだ。

その日、ヒロから連絡は来なかった。

朝までずっと一緒にいてくれたから風邪ぶり返しちゃったのかなぁ。

しかしそれからしばらく連絡が来ることはなかった。

どうやら学校も休んでいるらしい。

ヒロと音信不通になって一週間……。

一週間前の朝、「今日学校でな！」って言って別れたのに。

「桜井弘樹君いますか〜⁇」

さすがにどうしたのかと心配になり、アヤと一緒にヒロの教室へ行った。

教室中に響く二人の叫び声に、近くにいたスキンヘッドの男が返事をする。

「あいつ休みだよ〜風邪かなんかで」

一週間も風邪⁇　いつもなら休む日はメールくれるのに。

最後に会った時は元気に笑ってたのに……。

考え込む美嘉の姿を見て大げさに提案するアヤ。

「あ！　ノゾムに聞けばいいんじゃん！」

アヤに手を引かれ教室へと戻り、一直線にノゾムの席へと向かう。

ノゾムとはあの日以来話していないからちょっと気まずい。

美嘉がノゾムにペコリと頭を下げるとノゾムも頭を下げ返してくれた。

「ねーねーヒロ君なんで学校に来ないの？」

「さぁ？」

「風邪なの⁉」

「風邪じゃねぇよ」

アヤの問いにそっけない態度で答えるノゾム。

「じゃあなんで休んでんの？　美嘉、ヒロ君と一週間連絡とれなくて心配してんだよ!?」

アヤがイライラした口調で問うと、ノゾムは面倒くさそうに下を向いた。

「知らねぇ方がいいよ」

意味深な言葉にすかさずアヤが反応する。

「いいから教えてよ！」

「どうしても知りてぇなら、放課後俺のあとについてきて」

ノゾムの言葉に美嘉とアヤは唾をゴクリと飲み、顔を見合わせてうなずいた。

授業になんか集中できるはずがない。

知らない方がいいって何??　ヒロは風邪じゃないの？

なんで学校に来ないし連絡もくれないの？

知りたいような知りたくないような……微妙な気持ちだった。

放課後、美嘉とアヤはノゾムのあとをついていく。

そして到着したのはヒロの家の前。

ノゾムがチャイムを押すとドアが開いた。

「おーノゾムじゃん。あれ？　美嘉ちゃん久しぶりー！　体大丈夫？」

ヒロのお姉さんのミナコさんだ。

「はぁ……」

力なく答える美嘉。今は何よりもヒロの事が気になる。

ミナコさんはヒロの部屋を横目で見ると、眉をしかめた。

「今はあいつに会わない方がいいかもよ」

ノゾムもミナコさんも、二人してなんで同じ事言うの⁇

アヤは美嘉の腕を強引に組むと、ミナコさんに向かって言った。

「大丈夫です。あたし達覚悟はできてますから！」

足がガクガクと震える……不安で胸がいっぱいだ。

玄関にまで響く、ヒロの部屋から聞こえる楽しそうな笑い声。

ノゾムが部屋のドアを開け、美嘉とアヤはそれに続いて部屋に入った。


ツーンと充満した匂い……部屋の中にはヒロを含めた三人の男と一人の女の計四人がいる。

「……ヒロ⁇」

美嘉が遠くから声をかけてもヒロはまったく振り向こうとしない。

「みんな酔ってるよね……⁇」

隣にいたアヤに耳打ちすると、アヤの顔色がみるみるうちに変わった。

「こいつら、ちょっとおかしいよ」

「え……おかしいって⁇」

「この匂い、しかもみんなの目見たらおかしいのがわかるよ」

……確かに酔ってるにしてはおかしい。

お酒を飲んだ気配はないし、それぞれがうつろな目で変な方向を見ている。

どこかでかいだことがある匂いに、部屋中に散乱するビニール袋。

「蝶々《ちょうちょう》がいる〜蝶々〜」

天井を見ながらいつもより高い声で独り言を言っているヒロ。

体中に寒気が走る。

この雰囲気……なんだか怖いよ。

美嘉とアヤは立ち尽くしたままその光景を見ていた。

部屋のドアが開きミナコさんが手招きしたので、二人は一回部屋から出ることにした。

「あれは何なんですか？」

声を震わせるアヤの問いに、冷静に答えるミナコさん。

「あれはシンナーだよ」

「……シンナー⁉」

聞き慣れない単語に、美嘉は首を横にかしげる。

「いつからやってるんですか？」

アヤの声は裏返っている。

「弘樹は美嘉ちゃんと付き合い始めてからは、一回たりともやってなかった。でも何日か前からまた……」

二人が再び部屋に戻ると、さっきまで普通だったノゾムも一緒になってうつろな目をして天井を見ている。

「ノゾム！　あんたまで何やってんの⁉」

アヤはノゾムの元へ駆け寄った。そして美嘉もヒロの元へ駆け寄る。

「ヒロ、美嘉だよ。わかる⁉　ちゃんとこっち向いて‼」

ほっぺを指先でピシッとたたいたが、ヒロは上を向いたまま動かない。

「ヒロ……言いたい事あるなら言って‼　そんなヒロ嫌いだよ……」

その時一人の男が美嘉に向かってビニール袋を差し出してきた。

「超気持ちいいよ～君もやりなよぉ～」

美嘉が差し出された袋を丸めて床に投げ捨てたその時。

「いや！　やだ！　美嘉助けてぇ！」

部屋にはアヤの叫び声が響いた。

ノゾムがアヤに馬乗りになって強引にシンナーを吸わせている。

「……アヤ!?」

アヤを助けようと立ち上がろうとした時、隣にいた金髪の男が美嘉の頭を強い力で押さえ鼻と口にビニール袋を当てた。

男の力に勝てるわけはなく、何度か呼吸をしたあたりで視界がぼやけた。

覚えてるのは夢みたいにふわふわしていて、気持ちが良かった事。

でもなぜかとても悲しくて……。

突然体が重くなり意識が戻った。

さっきまで隣にいた金髪の男が美嘉の体を床に押し倒している。

「……やッ……」

抵抗したいけど力が出ない。叫びたいけど声が出ない。

男はうつろな目のままスカートの中に手を入れてくる。

レイプされたあの日……あんな思いをするのはもう嫌だ。

ヒロはスーパーマンだもんね。美嘉がピンチの時には助けにきてくれるんだ。

「ヒロ……助け……て」

下着の中に男の手が入ってきた。

「ヒロ……ヒロ助けて……」

か細い声でヒロに助けを求める。

ヒロは握り拳を作り、美嘉の顔を一瞬だけ見たような気がしたが、再び上を向いてしまった。

……もういいや、ヒロは助けてくれないんだね。

何が起こってるかわからないよ。わかりたくもないよ。

「んっ……」

隣から聞こえるいやらしい女の声に、美嘉は声が聞こえる方向と逆を向いた。

その時……鏡に映った信じられない光景。

ヒロが部屋にいた一人の女とキスをしている。

「ヒ……ロ⁇」

鏡越しにヒロの名前を呼んでみた。しかしヒロはキスをしながら女の体を触り続ける。

ねぇ、ヒロ。今キスしてるのは美嘉じゃないよ⁇

美嘉もヒロじゃない男に体触られてるよ⁇

いつもみたいに、「俺の女に手出すな」って怒らないの⁇

「あっ、ヒロぉ……」

女のいやらしい声が響く。

やめてやめてやめて。

そんな声でヒロの名前を呼ばないで。

呼んでいいのは、美嘉だけなんだよ。

美嘉は二人が愛し合っている姿を鏡越しに見ていた。

その唇で美嘉に優しくキスをし……細くて長い指で体をなぞってくれた。

なのに今その唇で違う女にキスをして、その指で違う女の体をなぞっている。

「……もう……やだ!!」

美嘉が発した大声に体を触っていた男の力が弱まり、美嘉はそのすきを見て男を強くけり上げ、ヒロに向かって指輪を投げつけた。

「ヒロのバカ!!　最低!!」

転がった指輪を見たヒロは、一瞬悲しそうな顔をしたように見えた。

床に倒れているアヤを強引に背負って家を出て、近くにあるベンチに寝かせる。

ヒロは追いかけてきてもくれないんだね。

今頃あの人と……愛し合ってるのかな。

「あれ……外?」

しばらくしてアヤが目を覚ました。

「アヤ、目覚めた?　大丈夫?　何してたかわかる……??」

アヤのおでこに手を乗せる美嘉。
「なんとなく覚えてるけど思い出したくない……ここまで運んでくれたの？　ごめんね。帰ろっか」

家に帰り夜になっても考えはまとまらなかった。
ヒロ、連絡とれなかった一週間、毎日あんな事やってたの⁇
ずっと心配してた美嘉の気持ちわかってる⁇
シンナーなんて、何やってんの⁇
もしかして美嘉がノゾムとキスした事まだ許してないのかな。
そうならちゃんと言ってほしいよ……。

次の日、学校へ行く気が起きなかったので休む事にした。
♪プルルルルル♪
布団にくるまっていると、ＰＨＳの着信音が鳴った。
着信：ノゾム
ノゾムか……嫌々ながら電話に出る。
『何か用？』

『今日美嘉もアヤも学校休みか？』
アヤも学校休んだんだ。そうだよね、ショックだよね。
『まぁね』
『なんで休みなの？』
『そんなのアヤに聞けばっ!!』
ガチャ、プープープー。
いらだちがおさまらず、一方的に電話を切った。
♪プルルルル♪
着信：ノゾム
再びノゾムからの電話。おそらく出るまで鳴り続けるだろう。
『……何』
『もしかして怒ってんの？　俺、昨日なんかした？』
記憶がないノゾムに昨日の出来事を詳しく話す。
すべてを話し終えるとノゾムはかなり動揺している様子でため息をついた。
『ヒロもノゾムもありえないからね、見損なうわ』
美嘉の怒りのボルテージは最高潮に達する。
『今の話ヒロにしてもいいか？』

『お好きなように』
ノゾムとの電話を切って数分後、再び電話が鳴った。
♪プルルルル♪
着信：ヒロ
一瞬出るのをためらう。でも、無視してもどうしようもない。
『はい』
『今ノゾムから聞いたんだけど、美嘉、昨日俺んちに来たの？』
意外にも落ち着いているヒロ。
『行きましたけど、それが⁇』
『……見たか？』
『全部見たよ。女の子とキスしたり体触ったりしたとこもねっ‼』
なんて嫌みっぽい言い方なんだろう。すごい嫉妬してる……。
『俺の事……嫌いになった？』
『かもねっ‼』
『俺……』
『もういいよっ、バカ』
『おい……』

ガチャ、プープープー。
美嘉はヒロの言葉を最後まで聞かずに電話を切った。
言いわけなんて聞きたくないよ。
すごくショックだった。
シンナー吸って、目の前でほかの女と愛し合って……。
許せない。許せないよ。
すごくつらいよ。苦しいよ。
でもヒロをそこまで追い込んだのは美嘉のせいだね。
嫌いになんかならない、なれない。それでもヒロの事が好きなの。
付き合ってからくだらない事で何回もケンカしたよね。
怒って電話を切るのは決まって美嘉の方だった。
だけどヒロは必ず電話をかけ直してくれて……。
『ごめんな。仲直りしよう』
その言葉が仲直りするきっかけになってたよね。
ねぇ、いつもみたいに電話かけ直してくれるよね⁇
しかし数分後に届いた一通のメール。
♪ピロリンピロリン♪

受信：ヒロ
《イママデアリガトウ》
怖くて返信する事ができなかった。
いつもはケンカしても必ず仲直りしていたよね。
でも今回はいつもと違う気がするんだ。

それ以来ヒロからの連絡はなく、ヒロと別れてしまったという確信を得るのが怖くて美嘉から連絡する事もなかった。

アヤとノゾムもあの日がきっかけで別れてしまったみたいだ。

美嘉もアヤもお互いあの日の話題に触れようとはしない。

美嘉は毎日毎日ＰＨＳを握りしめ、来るはずのない電話を待っていた。

そして最後に届いたメールを返信しないまま一週間がたった。


日曜日……何かをしていないと気が狂いそうなので、美嘉は部屋を片づける事にした。

机の奥から出てきたのは……ヒロと初めて遊んだ日に撮った写真。

「この時ヒロには彼女がいたんだよね、まさか付き合ってこんな好きになるなんて思わなかったなぁ」

独り言をつぶやきながら写真をゴミ箱に捨てようとしたが、写真を裏返しにして引き出しにしまった。

今はまだ捨てられないよ。

気をまぎらわせるために勉強でもしようかと教科書を開く。

目に入ったのは開いたページに書かれてある小さな文字。

〝美嘉頑張れよ！　ヒロ〟

あっ、これって一緒にテスト勉強した時にヒロが書いた落書きだ。

美嘉は落書きをそっと指でなぞった。

「ヒロ……どうして電話かけ直してくれないの？　もう戻れないの？　こんな事ぐらいで終わっちゃうの⁇　嫌だよ……」

気づいた時には家を出て走っていた。これから美嘉はヒロの家へ向かう。

部屋も教科書もこの道も……全部全部ヒロにつながっている。ヒロで埋まっているの。

ヒロの笑顔失いたくない。

このまま終わりだなんて、そんなの嫌だよ。

ヒロの家の前に着いた時、外はもう真っ暗で、外灯だけが寂しく光っていた。

大きく深呼吸をしてチャイムを押す。

ピンポーン、ガチャ。

だるそうな顔をしてドアを開けたのはヒロだ。

ヒロは一瞬驚いた表情を見せた。

「いきなりごめんね、どうしても話したくて……」

「……入れ」

そっけない返事でヒロの部屋に通された。何回も来ているはずなのになぜか懐かしい。

しかし美嘉は気づいてしまった。

……壁に貼られていたはずの二人の写真がきれいにはがされていることを。

正座をしながら美嘉は本当の気持ちを話し始める。

「美嘉ね、ヒロと別れたくない。ヒロの事、嫌いになったなんて嘘だよ。一緒にいたい……ごめんなさい……」

ヒロは沈黙を続け、しばらくして冷ややかな目線を美嘉に向けた。

「じゃあ今日一日、俺の命令聞いてくれたら付き合ってやってもいいけど？」

突然立場が逆転した。

ノゾムとのキスでヒロを傷つけたのは確かだよ。

でもちゃんと誤解も解けたはずだし、ヒロも許してくれたんだよね⁇

仲直りした日から音信不通になって、心配になって家まで行ったらシンナー吸ってお

かしくなって美嘉の目の前で違う女と愛し合って……美嘉だって傷ついたんだよ⁇

それなのに美嘉だけが悪いの⁇

ヒロの言葉に納得がいかないと心では思っていながら、それでも別れたくなかった。

そばにいたかったんだ。

だから……。

「……命令って、何したらいい⁇」

あぐらをかき、指の骨を鳴らしながらまるで脅しているかのような態度のヒロ。

「俺の事、どんくらい好きか証明して」

「どうやって……」

「そうだな～じゃあ仲いいダチに、俺の事好きって電話かけろ」

命令に従い仕方なく電話をかける。

♪プルルルル♪

『もしもし♪』

かけた相手はユカだ。アヤはノゾムと別れたばかりだから電話はかけにくい。

『ユカ、突然だけど美嘉ね、ヒロの事大好きなんだぁ……』

『え！　いきなりどうしたの⁉』

案の定、ユカは理解できていない様子。

『それだけなんだよね、ごめんね……』

『なんだそれ～ノロけ？　まぁいいけどね♪』

『ごめんね、またね……』

「……これでいい⁇」

電話を切るとヒロは少し満足げな顔で微笑み、手招きをした。

素直に従いヒロの方へと向かうと、ヒロは近くにあったタオルで美嘉の両手を後ろに縛り、もう一枚のタオルで目隠しをした。

「やっ、やめてよぉ……」

抵抗する美嘉にヒロは冷めた一言。

「別れてぇの？」

別れたくない……激しく首を横に振る美嘉。

手は後ろに縛られ目隠しをされている。身動きができないし何も見えない。

ヒロに触れられない。ヒロの顔が見えない。

寂しい、寂しいよ。

唇に柔らかい感触……乱暴な行動とは逆に、そっと触れる優しいキス。

ヒロは美嘉をその場に押し倒し、少し乱暴に服を脱がせ、体をもてあそんだ。

いつどこにヒロの指が……唇が触れるかわからない。

触れるたびに美嘉の体がビクッと反応する。

「……感じてんの？」

耳元でかすれた声でささやくヒロ。

「怖い……」

美嘉は震えた声でぽつりと答えた。

するとヒロは美嘉の体を起こし、スルッと目隠しをはずした。

ぼやけた視界の前には大きな鏡、そこには自分のもてあそばれてる姿が映し出されている。

美嘉は鏡から顔を背けたが、ヒロは強引に美嘉の顔を鏡の方へと寄せた。

「自分の姿見ろ」

「やだよぉ……恥ずかしい……」

「ちゃんと見ろ」

「こんなの……ヒロじゃないよ。嫌だよ……」

「嘘つくなよ。感じてんだろ？」

鏡に映るヒロの表情はいつもの顔ではなく、優しかったはずの目は氷のように冷たくてどこか悲しげに見える。ヒロは美嘉の頭を自分のモノへと近づけると、手を縛っていたタオルはヒロによって解かれた。

「早くしろ。別れてぇのか？」

恐る恐るチャックに手をかけ、命令通りに従う。

初めてなのにこんな形でこんな事するとは思わなかった。

でもね、別れたくないの。

今日一日命令に従えば付き合ってくれるんだよね⁇

また前みたいに戻れるんだよね……⁇

こんな事するなんてバカみたいだね。

でもね、これがもう一度付き合う事のできる唯一の方法なんだ。

今は耐えてこうするしかないんだよ……。

美嘉の目から一粒の涙がこぼれ落ちた時、ヒロは美嘉を後ろ向きにさせ、その状態のまま挿入した。

いつもみたいに手を握ってはくれない。キスもしてくれない。

二人の吐息が重なることはなく、ただ欲望を満たすためにひたすら動かすだけ。

愛が感じられない。

ヒロと一つになれるのはすごいうれしいよ？

でもね、なんか違うの。

優しくない。温かくない。

唇をかみしめながら終わりをただひたすら待った。

すべてが終わり、美嘉は布団の中で体をまるめていた。

さっきまでの勢いはどこかに消えてしまい、虚《むな》しい気持ちだけが残っている。

ヒロは上半身裸のまま近くにあったライターでタバコに火をつけ、音をたてて白い煙を吐き出した。

ヒロ、いつの間にかタバコまで吸うようになったんだ。

目まぐるしく変化する状況に心がついていかなかった。

「根性焼き」

吸っていたタバコを差し出すヒロ。

根性焼き。火のついたタバコを腕に押しつけて火を消す行為。

ヒロの腕には根性焼きの跡がたくさんある。

「別れたくねぇならしろよ、根性焼き」

ヒロの言葉にもう驚きさえも感じなくなっている。

今は何よりも別れたくない気持ちで頭がいっぱいで、そのためには命令に従わなければならない……ただそれだけ。

美嘉はヒロの手からタバコを奪い、グーに握りしめながら腕にタバコを押しつけた。

ジュッ。

鈍い音、異様な香り。

熱い、痛い。

その瞬間、ヒロは美嘉の手からタバコを奪い、床に強く投げ飛ばした。

「おまえ何マジでやってんだよ⁉」

乱暴にドアを開け部屋を出て行くヒロ。

しばらくしてヒロは消毒液とガーゼを両手に抱えて戻ってきた。

「おまえバカだよ……何やってんだよ」

じゅくじゅくした火傷の部分に消毒液を静かに垂らす。

ガーゼにテープを貼って、手当ては完了した。

「おまえ今日はもう帰れ」

相変わらず冷たい口調のヒロ。美嘉は乱れた髪を整え帰る準備をする。

「ヒロ、また付き合ってくれるんだよね……⁇」

ヒロは背を向けたまま静かにうなずいた。

家を出て帰り道を歩く。いつもなら送ってくれるのに。

ヒロともう一度付き合えてすごくうれしいはずなのに……なぜか苦しい。

いつものヒロじゃなかった。

会わない間に何があったの⁇　本当に前みたいに戻れるの⁇

ため息は風に乗って遠くへと運ばれてゆく。

不安な気持ちが高まるばかりだ。

「……美嘉？」

後ろから聞こえた名前を呼ぶ声に、少しの期待を抱きながら振り向いた。

声をかけてきたのは高校二年生になって同じクラスになった数少ない男友達のヤマトだ。

一緒にバカなことができて女友達のように気が合う、そんな人。

ヤマトには失礼な話だが、少しだけがっかりしてしまった。

「何してんの？　大丈夫か？　なんか不安そうな顔してるけど」

こんな今だからこそ、ヤマトの優しさがすごく心に染みる。

「彼氏と別れそうになったぁ……」

ヤマトはそんな美嘉の言葉を聞き、ケロッと笑いながら答えた。

「俺もフラれたばっかり♪」

「マジで⁇　嘘だぁ‼」

美嘉は明るくそう言うヤマトに疑いの目を向ける。

「本気と書いてマジだって！　彼女浮気してたうえにフラれた～！」

「それはかなりきついね……」

フラれたと聞いて親近感がわき、立ったままお互いの恋愛事情を暴露し合った。

美嘉の愚痴をじっくり聞くヤマトに、ヤマトの愚痴をじっくり聞く美嘉。

恋愛は人それぞれ、一人一人違う。

「俺達友達だろ？　いつでも相談してこいよ！」

こんな時友達がいて良かったと改めて感じる。

ヤマトは最高の男友達だから、タツヤの時みたいに失いたくない……。

家に帰っても何もする気が起きず、美嘉は部屋で放心状態だった。
でもヤマトに話を聞いてもらったお陰で少しスッキリした。
ヒロとも戻れたし悩む事なんて何もない、明日から頑張ろう!!
そう前向きになっていた時……。
♪ピロリンピロリン♪
PメールDX受信：ヒロ
ヒロから届いたロングメール。
嫌な予感がする。
唾をゴクリとのみ込み、受信BOXを開いた。

《家着いたか？　今日俺の命令を聞いたらまた付き合うって言ったけど、やっぱりなかった事にしてほしい。別れよう》

……なんで⁇　もう一回付き合ってくれるって言ったじゃん。

だから頑張ったんだよ。なのに別れるって……なんで⁇

「今日一日俺の命令聞いたら付き合ってやる」って言ったじゃん。

嫌な事も……した。根性焼きも。いつものヒロと違って怖かった。

だけどね、美嘉にとってはヒロと離れてしまう事のほうが怖かったんだ。

今日言った事はすべて嘘だったの⁇　今日した事はすべて無駄だったの⁇

ＰＨＳを手に取り、ヒロに電話をかける。

♪プルルル♪

『……おう』

絶対に出ないと思っていた。しかし予想外にもヒロは出たのだ。

『……冗談だよね⁇』

ため息交じりに答えるヒロ。

『冗談じゃねぇよ』

『だってもう一回付き合ってくれるって言ったもん……嘘ついたの⁇』

声が震える。体も震える。

心の中で繰り返されている言葉。

――別れたくない……別れたくないよ……――

『あの時はまだ考えがまとまってなかった』

美嘉はヒロの言葉をさえぎった。

『……もう美嘉の事嫌いなの⁇』

せきをしながら苦しそうな声で答えるヒロ。

『嫌いじゃねぇよ。でももう無理なんだ』

『……なんで無理なの⁇』

『俺、わかんねぇ。美嘉の前で女とヤってたとか知らねぇし。おまえだって俺の事もう嫌いって言ったし、わかんねぇ』

『嫌いなんて嘘だよ、もうしないからごめんねって言ってほしかっただけなの……』

『俺、本当わかんねー。覚えてねぇよ』

『別れたくないよぉヒロ……なんでもするから……本当は……』

ガチャ、プープープー。

電話はヒロによって突然切られた。

その後何度かけてもつながる事はなかった。

ヒロどうして、どうしていきなり。

会わない一週間の間に何があったの⁇

最近まで毎日のようにイチャイチャしてたじゃん。

赤ちゃんいつか産もうねって約束したじゃん。

二人ともまだ十六歳だし、この先ずっと一緒にいるのは無理かもしれない。

だけど、こんな終わり方はないよ。納得いかないよ、ヒロ……。

美嘉はヒロとの別れを受け止める事ができなかった。

ヒロから電話が来て、『やっぱ別れたくない』そう言ってくれるような気がして、意味もなくPHSを握りしめていた。

その時……。

♪プルルル♪

PHSの振動が手に響く。電話がかかってきた。

『はい……』

『弘樹から聞いたよ』

ヒロではなかった。電話の相手はミナコさんだ。

『はぁ……』

『つらいよね。でも弘樹の気持ちもわかってあげてほしいんだ』

ヒロの気持ち⁇

シンナー吸っておかしくなって……目の前でほかの女と愛し合った。

それで一方的に突然理由もなしに別れようって言われて、命令聞いたら付き合ってくれるって言っていろいろやらせておきながら、しまいには別れようだって⁇

そんなヒロの気持ちなんてわかるはずがないよ。ねぇどうやってわかればいいの⁇

喉の近くまで出た言葉達をのみ込む。

『別れたくないよ。わけわかんないです……』

ミナコさんはしばらく沈黙を続け、静かに話し始めた。

『もし美嘉ちゃんと弘樹が運命の二人なら、今、別れてもまたいつかどこかで出会って付き合う事ができる。今は弘樹の事は忘れな、何かあったらあたしに電話してもいいから』

美嘉は何も言い返せずに電話を切った。

この時、初めてヒロとの別れを実感し……PHSを握りしめたまま床に頭をつけて倒れ泣き叫んだ。

「ヒロぉ別れたくない、別れたくないよ……」

突然の別れの理由は……⁇　何か理由があるなら言ってほしいよ。

……美嘉は最後の賭けに出た。

Pメール DX送信：ヒロ

題名：ヒロへ

本文：これで最後のメールにします。美嘉はやっぱり今でもヒロが大好きです。別れたくないです。ヒロが別れたい理由もわからない。明日の朝、ヒロとよく遊んだ川原にいます。もし、また付き合ってくれる気が少しでもあるなら来て下さい。もうまったくないのなら、来ないでください。その時はきっぱりあきらめます。　美嘉より

次の日、朝七時に家を出る。

一睡もしてないためか、目が重くはれている。

学校へ行く気などまったくない。今日は一日中ヒロを待つつもりだから……。

川原に到着し草の上に座る。

川の流れる音と道路を走る車の音が交互に耳に鳴り響いている。

二人で見るときれいだったタンポポも、一人で見たらしおれて見える。

あぁ、そっか。川の音もタンポポもヒロと見たからきれいだったんだ。

ヒロがいないと何もかもが色あせて見えるよ……。

【やべぇ〜俺幸せだ　早く結婚してぇな】

前にこの場所でヒロが言ってくれた言葉、なぜか今になってよみがえる。
皮肉にも、心とは正反対で空は晴天。美嘉はカバンを枕にして寝転んだ。
もくもくと流れる雲を見つめながら思い出すのは楽しかった日々だけ。
ヒロはきっと来ないだろう……なんとなくわかっている。
でもほんの少し心のどこかで期待しているんだ。
まだ完全にあきらめていないみたい。
「バカみたいだよね……」
フフッと笑い、美嘉はしおれたタンポポをぶちっとちぎった。
遠くから学校のチャイム音が聞こえる。時間は九時。
来てほしい……だけど、このまま来ない方がいいのかな。
来ない方が忘れられるかもしれない。
いつか別れる日が来るのなら……今日ここであきらめた方がいいね。
ヒロはどうして変わってしまったのだろう。
ノゾムとのキスが原因？　シンナーのせい？
それとも、ほかに何か言えない理由があるの⁇
ヒロはすごく優しかったよね。
美嘉がワガママ言っても、「しょーがねぇなー」って言いながらも笑って聞いてくれた。

ケンカをするたびに謝るのはヒロの方で、いつもヒロから仲直りのきっかけをくれたよね。

今回もずーっと仲直りのきっかけの電話待ってたんだよ。

ケンカしたあとかけ直してくれる電話に、愛を感じてたの。愛を確かめてたの。

こんな美嘉にもう疲れちゃったのかな。愛想つかしちゃったのかな。

ヒロを嫌いだなんて思った事、一度もないよ。こんなに好きなのは美嘉だけだったのかな。

まぶしい光に両手で目を覆う。

その時……。

キキーッ!!

遠くから聞こえる聞き慣れた自転車のブレーキ音。

徐々に近づいてくる足音。風に運ばれてくる香り。

このかぎ慣れた香水の香りは……ヒロだ!!

美嘉は目を覆っていた手を素早く離した。

「……よぉ」

上から顔をのぞき込むヒロ。ヒロの大きな体でまぶしい光が隠れる。

突然の意外な出来事に、美嘉は開いた口がふさがらなかった。

「おーい？　美嘉？」

「あっ、ごめん。おはよっ!!」

ヒロ……ヒロが来てくれた。

また付き合える可能性があるって事だよね??

「おまえ、目すっげーはれてんぞ？」

ヒロが美嘉の目を指先でそっとなでる。

最近までは普通にしてくれていた事なのに、なぜか今日は涙が込み上げてくる。

いつものヒロだ、いつものヒロに戻った。

ヒロはいつも美嘉の隣にいて、空気のような……うまく言えないけどいて当たり前の存在だった。

別れを意識した時、初めて気づいた事。

空気がないと呼吸ができない。ヒロがいないと、美嘉は生きていけないんだ。

もう絶対ワガママなんて言わないよ。

頑張るから……だからもう離れないで。

「今日天気いいな。近くの店行かねぇ？　後ろに乗れ」

「……うん!!」

自転車の後ろ座席、ここは美嘉の特等席だって言ってくれたよね。

美嘉はヒロの背中に強くつかまり、温かく切ないぬくもりを感じた。

自転車は近くのショッピングセンターに到着。

「ほら、つかまれ」

美嘉に向かって手を差し伸べるヒロ。

「……いいの⁉」

美嘉は目を見開きうれしさを隠せない表情で聞き返すと、ヒロはいつもと変わらない笑顔で答えた。

「当たり前だろ！」

二人は手をつないだままゲームコーナーへ向かう。

「あ〜可愛い〜欲しい‼　あれ欲しい‼」

UFOキャッチャーの奥にあるいかにも取れにくそうなプーさんのぬいぐるみを見て、おもちゃを欲しがる子供のように騒ぐ美嘉。

「よっしゃ〜まかせとけって！」

ヒロは気合いを入れて腕まくりをし、財布から百円玉を取り出すとUFOキャッチャーを始めたが、なかなか取れる気配はない。

必死で頑張ってるヒロの額からは幾粒もの汗が流れ出ている。

「ヒロ、もういいよ⁇」

あきらめようと美嘉が声をかけた時だった。

「……取れた！」

目の奥を輝かせながら笑顔でぬいぐるみを取り出すヒロの姿が、昨日の冷たい目をしたヒロと同一人物だとはまるで思えない。

「大切にしろよ！」

「うん、絶対するっ‼」

その後、ヒロの提案でプリクラを撮ることになった。

いつもは恥ずかしいって嫌がるくせに、自分から言うなんて珍しいな。

プリクラ機の中、ヒロは美嘉の耳にそっと手を当て唇にキスをする。

……パシャ。

「あ……キスプリクラになっちゃったよっ‼」

「それもありじゃねぇ？」

初めてのキスプリクラが完成し、美嘉はフロントに置いてあるハサミでプリクラを分けるとヒロに半分を手渡した。

しかしヒロはそれを受け取ろうとしない。

「ヒ〜ロ‼　プリクラ半分あげるっ‼」

「あー俺はいらねぇや」

耳を疑いたくなる言葉。

「……なんでいらないの⁈」

「今日は最後のデートだから」

ヒロはゲームセンターの雑音にかき消されてしまいそうな小さな声でさらりと答えると、そのまま先を歩き始めた。

美嘉はヒロのもとに駆け寄り、静かに言葉の意味を考える。

最後のデートってどういう意味⁇……怖くて聞けない。

店を出て再び川原へと戻る。

草の上で体育座りをしながら雑草をぶちぶちと引っこ抜いていると、ヒロがポケットから取り出した何かを差し出した。

「あ、これ……」

ヒロが差し出しているのは指輪だ。

ヒロがシンナーを吸っていたあの日、部屋を出る時ヒロに向かって投げつけた……指輪。

「指輪つけてもいいの⁇」

美嘉はうれしそうに指輪を受け取りながら尋ねる。

「とりあえずポケットに入れておけ」

ヒロは困惑と悔しさを足して二で割ったような、そんな表情を見せた。

……大好きなヒロとのペアリング。

美嘉は指輪をポケットに入れるフリをして手を後ろに回し、左手の薬指にそっとはめた。

「あ〜腹減った。そろそろ昼飯食うか」

弁当を食べ始めるヒロ、しかし美嘉は食欲がない。

〝今日は最後のデートだから〟

さっきヒロがさりげなく言ったあの言葉が、今も心の奥にとげのように引っ掛かって、時々チクリと痛み出す。

美嘉はさりげない話題から話を切り出す事にした。

「ね、なんでプリクラいらないのっ⁇」

「さっきも言ったろ？　最後のデートだからプリクラあるとつらいし」

箸を止めてそう答えたヒロの言葉の意味を聞かずにはいられなかった。

「最後って？　今日で最後なの⁇　付き合ってくれる気、少しでもあるからここに来てくれたんじゃないの……⁇」

答えを急いでつい早口になる美嘉。それに反するかのように、ヒロはゆっくりと話し始めた。

「今日はもう別れるつもりで来た」

思考が現実に追いつかない。

「え……付き合う気がないなら来ないでってメール送ったのに……」

「……最後の思い出作りたかった」

「じゃあなんで手つないだの？　なんでプリクラ撮ったの?!」

黙ったままのヒロにもどかしくなり、美嘉は続ける。

「美嘉はまだヒロの事好きなの、最後だなんてつらいよ。別れるなら来ないでよ……」

「ごめんな、俺、美嘉の事嫌いになったわけじゃないから。最後に思い出作りたかったんだ」

美嘉の目からとめどなく流れる涙がヒロの制服のズボンを濡らす。

「俺もう、おまえの涙ふいてやることはできねぇ」

まっすぐ前を見つめるヒロを見て、気づいてしまった。

ヒロの【別れる】と言う決意はもう変えることはできないと……。

今になって腕についた根性焼きの跡が痛み出す。

この痛みはヒロを傷つけてしまった……罰。

ヒロが背負う何かの……代償。

ヒロの事が大好きだった……証。
道路を走る車は途絶え、川の音だけが悲しく響いていた。
「俺、もう学校戻るわ」
弁当箱をカバンにしまいながら立ち上がるヒロ。
「……行かないで……」
ヒロのYシャツのすそを強く引っ張る美嘉。
離したらもう戻ってこない事くらい、わかっているんだ。
カッコ悪くても……情けなくても……それでも手放したくなかった。
ヒロの温かい手に守られて、その優しい目で見つめられたい。
何もかもを捨ててでも、一緒にいたかった。ずっと一緒にいたかった。
「じゃあ美嘉から行け」
そう言って学校を指差すヒロ。
美嘉はカバンを持ち言われた通り、とぼとぼと学校への道のりを歩き始める。
振り返れば、愛しい愛しいヒロの姿。
ねぇ、本当にこれで終わりなの⁇　嫌だよ、別れたくない、離れたくないよ。
美嘉は足を止め、再びヒロの元へ駆け寄る。
そしてヒロがフラついてしまうくらいに強く抱きついた。

「別れるなんて嫌だよぉ……」

「……やっぱり俺から行くわ」

ヒロは美嘉の肩をつかんで体をゆっくり離し、いったん背を向けて歩き出そうとしたが、再び振り返り美嘉の頭の上に手を乗せた。

「……元気でな。幸せになれよ。バイバイ」

ヒロは美嘉の頭を胸に引き寄せて、一瞬だけ抱きしめたが、すぐに離し、自転車には乗らず背を向けたまま歩き始めた。

居心地が良かった香水の香りも、今となっては胸が痛いだけ。

「……ヒロ!! 別れる本当の理由は? ヒロが変わった本当の理由は……⁇」

大声で叫ぶ美嘉の問いに答えず、ヒロは左手を上げながら遠くなっていった。

広く大きかったヒロの背中が、なぜか今とても小さく見える。

見慣れた後ろ姿も今はまるで知らない人のよう。ヒロの後ろ姿はだんだん遠くなってゆく。

……振り向いて。

ちっぽけな願いさえ、もう届かない。

大好きだったヒロは一度も振り返らずに消えていった。

追いかけたい。でも追いかけたらいけない気がする。

もっともっと苦しくなるような気がするの。
これ以上傷つくのが怖い……意気地なし。

空を見上げる。
流れる雲……今この空、ヒロに続いているよ。ヒロとつながっている。
これからはお互い別々の道を歩いていくんだ。
ヒロが一生懸命悩んで決めた結果。
ヒロが別れを望むのなら……受け止めなければならないんだね。
本当はもうダメなのわかっていたんだ。
見ないフリしてた……ヒロの薬指に指輪がなかった事を。
美嘉がどんなにヒロを想っても、ヒロの気持ちが離れた時点でもう無理だったんだね。
美嘉はヒロと一緒にいて幸せだったよ。でもきっとヒロは違ったんだね。
ずっと気づいてあげられなくて、ごめんね。
突然の別れ、理由は最後までわからないまま……美嘉は来るはずのない影を、足音を、
本当に最後の悪あがき……一時間待ち続けた。
二人で過ごしたこの川原で、二人は終わりを告げた。
カバンからはみ出ているさっき撮ったばかりのプリクラを見つめる。

「幸せそうに笑ってるの、美嘉だけだね……」

美嘉はプリクラを丸めて、ＵＦＯキャッチャーで取ってもらったぬいぐるみとともに川へと投げ捨てた。

ヒロが突然変わった理由を知ったのは。

別れの本当の理由を知ったのは、何年も先の話……。

仲間がいたからできること

美嘉は仕方なく学校へ向かう事にした。

ここにいてもつらいだけ。

二人が出会った学校に行くのはまだ怖いけど……少しずつ前に進まなければならないから。

「コラ！　遅刻か？」

靴を履き替えていると玄関で学年主任の先生に遭遇した。

「すいません」

先生は美嘉の顔をのぞき込み、はれた目をまじまじと見つめている。

「桜井と何かあったのか？」

「別に……」

今は何も考えたくない。ヒロの名前を聞くだけでもつらい。

「そうか。さっき玄関で桜井に会った時、あいつも泣いてたみたいだったからな」

ヒロが泣いてた……⁇　別れを告げたのはヒロだからそれはないよ。

階段を駆け上がり教室に向かうと、そこには隣のクラスのサリナと仲良さげに話をしているヒロの姿。

ほら、泣いてたなんて先生の勘違い。

ヒロはモテるから仕方がない。

だからってわざわざ教室の前で話さなくてもいいのに。

ヒロは一瞬こっちをちらっと見たが、すぐに目をそらし笑いながらサリナと話し続けていた。

走って教室に入り、机に座り顔を伏せる。

左手の薬指につけた指輪を乱暴にはずし、制服のポケットへと投げ込む。

「元気ないみたいだけどどうした？」

背後からそう声をかけてきたのはノゾムだ。

「あれ、ノゾム久しぶりぃ……」

ノゾムは美嘉の顔をじっと見ている。

「泣いたのか？」

「うん、さっきヒロと別れたぁ……ってかフラれちゃった。ノゾムはアヤとどうなの⁇」

ノゾムは一瞬何か言いたげな顔をしたが、すぐに元の顔に戻した。

「マジか。俺らはとっくに終わってっから。ヒロの事、嫌いにならないでやってな」

意味ありげなノゾムの言葉。でも今は聞き返す余裕も気力もない。

「嫌いになんてならないよ、ってか絶対なれないから……」

これからはヒロに彼女が出来たとしても、それを受け止めなければならないんだ。

祝福してあげれるようになるにはたくさん時間がかかるかもしれない。

だけど……頑張るよ。応援できるように頑張る。

でも今はもう少しだけ、好きでいさせてね。

これが最後のワガママだから……。

しかし、別れてから次の日だった……ヒロに彼女が出来たのは。

相手は昨日教室の前で仲良く話していた隣のクラスのサリナ。

サリナはずっとヒロの事をねらっていて、美嘉とヒロが別れたのを知って昨日ヒロに告白したらしい。

ヒロはそれにＯＫの返事を出し、二人は付き合い始めたんだって。

ねぇ、別れて次の日だよ⁇

いつかヒロに彼女が出来たら祝福しようと思っていたのに、あまりに早すぎて美嘉は心がついていかなかった。

学校が終わり美嘉とアヤが校門を出て歩いていたその時、黒い自転車が勢いよく横切った。

その自転車に乗っていたのはヒロ、そして後ろ座席には……〝うらやましいでしょ〟と言わんばかりの顔で微笑むサリナの姿。

〝俺の自転車の後ろは美嘉の特等席な！〟

ヒロが前に言ってくれた言葉が頭に浮かぶ。この言葉は嘘だったの⁇

いや、そうじゃない……昨日で嘘に変わってしまったんだ。

自転車が通り過ぎた瞬間、風とともに運ばれてきた香りは、スカルプチャーではない違う香水の香りだった。

「美嘉、もうヒロ君なんて忘れなよ！　あんな性格悪そうな女とすぐに付き合うような男だよ⁉」

「……だよね」

わかってる。わかってるんだよ。

でもね、どうしてだろう。思い出すのは幸せな日々ばかり。

ヒロの優しい笑顔だけ……。

廊下に出ればヒロとサリナに会うかもしれない……。

美嘉はその日から毎日学校へは行くものの、教室に閉じこもる日々が続いた。

まだ二人を笑顔で受け入れるほど気持ちが吹っ切れていないんだ。

サリナは美嘉に敵対心を持っているみたいだった。

理由は一つしかない。美嘉がヒロの元カノだから。

「今日弘樹と遊ぶんだ～♪」

「昨日弘樹とたくさんキスしたさぁ♪」

時々廊下からこんな言葉が聞こえてくる。

サリナがわざと聞こえるように大声で言ってるからだろう。

美嘉がまだヒロの事を好きだと知っていながら……言う。

それが聞こえるたび美嘉は机に伏せ、手で耳をふさいでいた。

そんな美嘉を見かねて相談にのってくれたのは、最後にヒロの家に行った帰り道、偶然会い、お互いの恋愛を語り合った男友達のヤマトだった。

ヤマトは男の視点から見た意見を、時には厳しく時には優しく正直に言ってくれた。

ある日の昼休み、いつものように教室でヤマトに話を聞いてもらっている時だった。

「弘樹の元カノもうオトコ出来たんだぁ～早っ！」

廊下から聞こえたサリナの声。その横から顔をのぞかせ、ヤマトをにらみつけるヒロ。

美嘉が男と仲良くしてたら気に食わないの⁇　自分は彼女がいるのに⁇

もう期待させないで……もう振り回さないで。
♪ピロリンピロリン♪
その日の夜に届いたメールの送信相手を見て、大して驚きもしなかった。
なんとなく来る予感はしていたから。
送信相手は……ヒロだ。
《ゲンキカ？》
ヒロからのメールをずっと待ち望んでいたはず。なのに胸が……苦しい。
《ウン》
どう返していいかわからずそっけなく返信する。
受信：ヒロ
《ミカオトコデキタ？》
送信：美嘉
《デキテナイ》
受信：ヒロ
《キョウハナシテタオトコハ？》
送信：美嘉

《トモダチ》
受信：ヒロ
《オレアシタデート♪》
送信：美嘉
《ヨカッタネ》
受信：ヒロ
《オトコトダケドナ！》
《ダカラシンパイスンナヨ！》
それから返信はしなかった。
ヒロ自分勝手すぎるよ。美嘉にどうしてほしいのか、何て言ってほしいのかがわからない。
だけど、それでも少し喜んでいる自分に無性に腹が立つ。
ヒロの番号を電話帳から消す事ができない自分の弱さにむしゃくしゃする。
ヒロに彼女が出来て、あきらめる決心がついたはず。
なのに……。
ヒロとサリナが付き合い始めて十二日がたった日の朝、美嘉は校門の近くで、サリナがいかつい男と仲良さげに歩いてるのを見つけた。

サリナは美嘉の姿を見つけると一緒にいた男に別れを告げ、こっちへ歩いてくる。

そして目の前に立ちはだかり、口に手を当ててクスクスと笑った。

「見ちゃった？　あれが新しい彼氏。いい男でしょ？」

「……へ～良かったね」

ヒロとは別れたのか。気になるけど……悔しくて聞けない。

美嘉の気持ちに気づいたのか、ポケットから出したリップクリームを唇に塗りながら微笑むサリナ。

「弘樹は返してあげる～♪」

「……は⁇」

「まぁあんたはもう無理だろうけどね♪」

返すって⁇　もう無理って⁇

言葉一つ一つに反応してしまう。

「弘樹ってクールだと思ってたのに実際は違ったみたいな～」

「……で⁇」

「だからフッた～♪　だって私クールな人のほうが好きだからぁ～もう返してあげる♪」

美嘉の頭の中で何かが音をたてて切れた。積み上げてきた何かが崩れた瞬間だった。

「……ざけんな」

「はぁ？」

「ふざけんなって言ってんだよ!!」

頭の中は真っ白なのに言葉が自然に出てくる。

「えっ……何そんなにキレてんのぉ？」

半笑いを浮かべながらも、明らかにおびえた顔をしているサリナ。

しかし美嘉の怒りは少しも収まる気配はない。

「ヒロを傷つけんじゃねーよ!!　あんたなんかにヒロの何がわかるの⁇　ヒロのこと何も知らないくせに……ふざけんな!!」

手に持っていたカバンをサリナの顔に向かって投げつける。

「痛っ！　何すん……」

「ヒロに謝れよ!!　ヒロ強そうに見えて傷つきやすいんだから……」

付き合っていた時、ヒロは何度も美嘉を助けてくれたね。守ってくれたね。

ヒロはもう彼氏ではなくなってしまった。

だけどね、今度は美嘉がヒロを助けたいと……守ってあげたいと……そう思ったんだ。

その時、背後に気配を感じて振り向いた。後ろに立っているのはノゾムだ。

ノゾムはサリナに顔を近づけると、強くにらみつけた。

「おまえみてぇな頭悪くて軽い女なんか、一生幸せになれねーよ！　消えろブス！」

サリナは驚いてまばたきをする事さえ忘れている。

ノゾムは美嘉の手を引き玄関に向かって歩き始めた。

「ノゾム、ごめんね……」

「美嘉は悪くねーよ。話聞こえたけどあの女マジキモくね？」

ノゾムは美嘉の返事を聞かず、何かを思い出したように続けた。

「あ、そう言えばヒロが図書室来てだって！」

「なんで!?」

「わかんねぇ。なんかキレてる感じだったけど」

サリナと別れたヒロ……不謹慎だとわかっていながらも、淡い期待を抱きながら図書室へと向かった。

大きく息を吐いて図書室のドアを開けると、そこには机に座るヒロの姿。

久しぶりに見たヒロの姿に美嘉の胸は高鳴り、何かが込み上げてきて顔が熱くほてった。

〝キレてる感じだった〟

ノゾムの言葉なんかすっかり忘れて……。

「座れ」

……大好きなヒロの声だ。

ヒロ会いたかった、会いたかったよ。

「つーかサリナに嫌がらせしたんだってな？」

いらついているのか貧乏揺すりをしているヒロ。

「えっ⁇」

ヒロに笑顔はない。

久しぶりの会話なのに、二人の間には重苦しい空気が流れている。

「サリナから聞いたけど、おまえサリナの陰口言ってたんだってな？」

「何それ‼　それ逆だし。ってかあっちが……」

美嘉が最後まで言い終わらないうちに、ヒロは言葉をさえぎった。

「そのせいで俺ら別れたんだけど」

「どーゆー事⁇」

「サリナがおまえに嫌がらせされてつらいから俺と別れたいって言ってきたんだよ」

図書室にはヒロの低い声が響き渡る。

……やられた。

ハメられた。あの女に。

「どーしてくれんだよ？」

美嘉の腕を強くつかむヒロ。

「……一生あの女にだまされてれば!?　ヒロのバカ!!」

美嘉はその手を強く振り払い、図書室を出て教室まで全速力で走った。

あとから聞いた話だけど、サリナはヒロと付き合う前から彼氏がいたらしい。

つまり……二股をかけていた。

サリナはヒロが思っていた人と違ったからヒロに別れを告げ、もう一人の男を選んだ。

しかし別れる理由が見つからなかったので、敵対心を持っていた美嘉に嫌がらせされたという理由でヒロに別れを告げた。

その話を聞いた時、二股をかけていたうえに美嘉のせいにしてヒロに別れを告げたサリナは最低な女だと思った。

でもそれ以上に、サリナを信じて美嘉の話を聞こうともせず信じてくれなかったヒロの方がもっと最低な男だと思った。

ヒロと別れてヒロには彼女が出来たけど、でも心のどこかではもしかしたらまたいつか戻れるかも……って少しだけ思ってたよ。

あの幸せだった日々は嘘じゃない、そう信じていたから。

でも、もう本当にダメなんだね。もう本当に本当に二人はダメになっちゃったんだね。

この日をきっかけに、美嘉は変わり始めた。

ＰＨＳの時代が終わり携帯電話がはやりはじめたので、美嘉は持っていたＰＨＳを解約して携帯電話に変えた。

ヒロの番号は新しいアドレス帳に一度だけ登録したけど、考え直して削除する事に決めた。

登録していると、きっと連絡してしまうと思ったから。

見返してやる!!　いつしか強く思うようになり、ダイエットを始めて体重五キロ減。

派手なギャルメイクを卒業し、アヤからお姉系の落ち着いたメイクを教わり実践してみる。

セミロングでストレートだった髪もエクステをつけて巻き、ヘーゼル色のカラーコンタクトをつけ、ネイルにも力を入れる。

ヒロと別れて二カ月がたった頃には……。

「変わったね！　可愛くなった！」

おせじかもしれないけど、周りの人からこう言われることが増えた。

アヤと二人で街に繰り出しナンパ待ちをしたり、友達から誘われるクラブやパーティーにも参加をする。

とにかく毎日遊んでいた。遊んでいれば何も考えなくてすむから……。

美嘉が決めた恋愛のモットーは〝男はそう簡単に信じない〟。

ヒロはまるで美嘉に対抗するかのように荒れ始めていた。

髪は金色に染め、学校内でのケンカをたびたび起こす。

二人の間にはいつしか遠い距離が出来ていた。


――夏休み。

早いもので高校二年生になってから五カ月、ヒロと別れてから三カ月がたった。

今日はアヤから誘われた合コンに行くので、美嘉とアヤはいつもよりおしゃれをして、予定の時間に合わせて待ち合わせ場所へと向かった。

待ち合わせ場所にいた三人の男と合流し、カラオケに入る。

三人のうちの一人の男は彼女に呼び出されたらしく、途中で帰ってしまい、とりあえず残った四人で盛り上がった。

時間も忘れて盛り上がっていると、気づけば時計はすでに十一時を回っている。

四人は連絡先を交換すると、それぞれ別方向へと歩き始めた。

「俺送るよ！」

帰ろうと歩き始めた美嘉の後ろから声をかけてきたのは、ついさっき合コンしたばかりの男のうちの一人だ。

少し先ではアヤともう一人の男が並んで歩いている。

「いや……いいよ⁇」

「遠慮しなくていいから！」

彼は強引に美嘉の横に並んで歩き出した。

……別に遠慮なんかしてないのに。

暗い帰り道、並んで歩く二人の手がそっと触れる。

するとと彼は突然、美嘉の手を握りしめた。

「やだっ……」

手を握られた瞬間、美嘉は反射的に手を振り払った。

二人の間には重苦しく……耐えがたい沈黙が流れる。

「少し話そう？」

歩いている途中、沈黙をさらりと破ったのは彼だ。

さっき手を振り払ってしまった手前、なんだか断りにくい。

「……うん、いいよ‼」

二人は小学校のグラウンドに入り、フェンスに寄りかかりながら会話を始めた。

「ってか今日かなり気温高くねぇ？」

「そうだねっ!!」

あ〜早く帰りたい……そう思いながらそっけなく答える美嘉。

合コンは嫌いじゃないけど、二人で話したりするのはどうも苦手。

「ってか〜美嘉ってめっちゃ俺のタイプなんだけど」

彼はそう言うと、美嘉の体を強く抱き寄せた。

皮肉にも彼からかすかに香るのは……ヒロと同じスカルプチャーの香り。

体を離そうとする美嘉。しかし強い力で押し戻されてしまう。

そして強引にキスをされた。

「やめっ……ん〜……」

唇がふさがれているために言葉が出ない。

美嘉は彼の体をいっぱいいっぱいの力で押し、体が少し離れた瞬間に地面に座り込んだ。

「……やめてよっ!!」

震える声で叫ぶ美嘉。冷ややかな目で冷静に答える彼。

「は？　なんで？　今さら何言ってんの？」

「なんでって好きじゃないのにこんな事……」

「早く立てよ！」

「……やだ」

「ヤラしてくんねぇのかよ。つまんねー女」

彼は舌打ちをしたあと、フェンスを強くけり、帰っていった。

彼の姿が見えなくなったと同時に立ち上がり、小学校の体育館裏にある水道で何度も何度も唇を洗う。

悔しい事に、こんな時思い出すのはやっぱりヒロの顔。

突き放されても……助けにくるはずのないスーパーマンを心のどこかで待っている。

まだ指が覚えている電話番号を何回も押しては消して押しては消して。

……ダメ。

ヒロはもう助けに来てはくれないんだよ⁉　そう自分に言い聞かせる。

忘れられないぬくもり……友達と遊んでいても心のすき間は埋まらなかった。

いつも誰かをヒロと比べてしまっていた自分にやっと気づく。

ねぇ、ヒロ。

ヒロと別れてからね、いろんな人とたくさん遊んだ。

携帯電話の電話帳を開くと、この三カ月間で電話帳に登録されたのは百人以上もいるんだよ。

でもね、こんなに友達がいても全然ダメなの。

ヒロが……ヒロがいてくれなきゃ……ダメなんだよ。

心のすき間を埋めてくれるのは、百人の友達よりたった一人の愛しい人だったんだ。

電話帳に入っていた昔からの友達以外の名前を一件一件消す。

最後の一件を消した時には、なぜかおかしくなって笑ってしまった。

涙が出ないのは、きっと心が泣いているからだね。

忘れられると思っていたヒロの存在は、思っていたより、ずっとずっと大きくて……。

ちょうど一年前のこの季節に、ヒロと出会った。

まだ無邪気に笑ってがむしゃらに何かを追いかけていたあの頃は、もう二度と戻ってこない。

ヒロと最後に一つになったあの日、ヒロはとても冷たい目をしてたね。

でも、小さな愛があった。今となってはそんなふうに思うよ。

……ヒロの事好きでいてもいいよね？　迷惑かけないから、想うのは自由だよね⁇

男なんて信用できない。優しいのは下心があるから。

だけど、今信じられる人がたった一人だけいる。

数えきれないほど傷つけられ、そして裏切られたけど……。

なぜか今でもあなたの事だけは信じています。

美嘉は家に帰るとすぐにアヤに電話をかけた。

アヤもどうにか無事に家に帰る事ができたらしい。

今、美嘉とヒロの距離はすごく遠い。

別れてから ヒロの噂をたくさん聞いた。

一カ月で十人と経験しただとか、女連れで毎日遊んでいるだとか……お互いずいぶんあの頃とは変わっちゃったね。

それでも少しずつ近づいてみせるよ。

昔みたいに戻れないのは十分わかってる。

でも……自分の気持ちに嘘をつきたくないから。


もうすぐ学校祭だ。美嘉のクラスではステージでバンド演奏をする事が決まった。

じゃんけんで負けた美嘉はあまり経験のないベースをやるはめに……。

演奏する曲を決めるために〝演奏するメンバーは放課後教室に残って話し合おう〟と集合をかけたが、結局ドラムとギター担当の人は帰ってしまい、ボーカル担当の子と二人で曲を決める事になった。

ボーカル担当はミヤビという名前の女の子。

じゃんけんで負けたのではなく自らボーカルに立候補をしたという積極的な彼女はメ

イクはまったくしないナチュラル系。

ぽっちゃりした体型に雪のように白い肌。

二つに縛った髪形がとても似合っていて、常に元気で明るくて前向きで、笑顔が絶えないとっても可愛い女の子だ。

彼女とは同じ中学校だったけど、あいさつを交わす程度の仲だった。

「曲どうするぅ？」

鉛筆をくるくると回し眉間にしわを寄せるミヤビ。

その時美嘉の頭の中には、浜崎あゆみの「Who...」が浮かんだ。

ヒロが好きだった曲で、いつも一緒にいる時、部屋で聴いていたのを覚えている。

カラオケで歌ってヒロに喜んでもらおうとCDを買って一生懸命練習した事もあったなぁ。

しかし学校祭のステージと言えば普通は盛り上がる曲をやるだろう。

「Who...」はバラード。美嘉はダメもとで聞いてみる事にした。

「ねぇ、浜崎あゆみの『Who...』とかはどう??」

ミヤビはまったく考える様子もなく、すぐに口を開いた。

「あっ、いいかもね！　その曲好きなの!?」

「うん……元カレとの思い出の曲なの!!　大切な曲なんだぁ!!」

「そっかぁ。元カレの事まだ好きなの⁉」

周りの人には「もうあきらめた」だとか、「好きじゃない」と言って自分の気持ちをさんざんごまかしてきた。

でも美嘉はミヤビの前だと素直に言える気がした。

きっとミヤビとヒロの間につながりがないから……アヤはノゾムとつながっていてノゾムはヒロとつながっているから本音を言う事ができなかったんだ。

ミヤビにならら……本音を言ってもいいよね。

「まだ好きなんだぁ……」

沈黙の中でミヤビの返事を待つ美嘉。

おそるおそる顔を上げると、ミヤビはうなずきながら微笑んでいた。

「無理して忘れなくてもいいじゃん！　ずっと好きでもいいと思うよ！」

ヒロと別れてから、周りからは早く忘れなって言われ続けた。

〝ずっと好きでもいいと思う〟

……この言葉を誰かに言ってほしかったのかもしれない。

「そうだ！　『Who...』さ、美嘉ちゃんも一緒に歌おうよ！」

突然立ち上がり、興奮気味に提案するミヤビ。

「……えっ、無理っ‼　音痴だし‼」

「いいじゃん！　私も一緒に歌うからさ♪　はい決定〜！」

ヒロとの大切な思い出の曲を一緒に歌おうと言ってくれたミヤビの心づかいはとてもうれしい。「Who...」は一番最後に演奏し、二人で歌う事になった。

その日をきっかけに美嘉とミヤビは急激に仲良くなっていった。

放課後は学校祭に向け毎日練習の日々。

慣れないベース練習に指の皮はボロボロ……だけどミヤビと励まし合い乗り越えた。

——学校祭当日。

美嘉とミヤビは緊張を隠せないまま、ステージ裏で待機する。

「あ〜次だ次だ！　美嘉、次だよ！」

「足震えるし!!　やばいよこの空気っ!!」

「「頑張ろぉ〜!!」」

ギターとドラム担当の二人を加えた四人で手を合わせ、掛け声をかけてたくさんの生徒が注目しているステージへと歩き出す。

まぶしいライトに照らされながら持ち慣れないベースを肩にかけて、マイクの位置を確認する美嘉。

するとと隣にいたミヤビが周りに聞こえないよう小声でつぶやいた。

「美嘉の元カレ、一番前にいるよ♪」

さりげなくステージ下を見ると一番前列の真ん中にはヒロの姿。

ただでさえ緊張しているのに……変な汗がわき出る。

♪……♪

曲が体育館に響き渡った。

演奏は思いのほか盛り上がり、ベース演奏も順調にこなしていく。

……そして最後のあの曲だ。

〝Who...〟

肩にかけていたベースを壁に立てかけマイクを手に持つと、懐かしいあの曲が体育館に鳴り響いた。

こんな大勢の前で……いや、ヒロの前で今まさに思い出の曲を歌おうとしている。

体は硬直し、胸の鼓動は高まっていた。

でも絶対最後までちゃんと歌うんだ。ヒロの心にこの曲が届くことを願って。

この曲を聴いて思い出すのはね、ヒロの事だけだよ。

懐かしいメロディが、美嘉の心をあの頃へと引き戻そうとしていた。

ヒロは今こんなに近くにいるのに……遠いよ。遠すぎるよ。

手を伸ばしても届きそうにない。

そう、まるで二人の間に見えない厚い壁があるかのように。

だけど、この歌を聴いて、少しでも美嘉の事を……美嘉と過ごした日々を……思い出してください。

曲が終わり響く歓声の中、美嘉とミヤビは達成感いっぱいで抱き合った。

「お疲れ♪　超良かったよ！」

まだ興奮冷めやらぬまま廊下を歩いていると、声をかけてきたのはアヤだ。

「マジでっ⁉　ありがと‼」

「ってかね～……さっきヒロ君廊下で弾き語りやってたよ～！」

「……弾き語り⁇」

「廊下でギター持って歌ってた！　見に行かない⁉」

「……美嘉が行ったらヒロは迷惑だよぉ」

さっきまでの興奮は一気に冷め、目線を床へと落とす美嘉。

「大～丈夫だって♪」

アヤは強く美嘉の背中をたたく。

「そうだよ！　行こう？」

隣にいたミヤビまでもがアヤの提案に乗り、二人は美嘉の腕をがしっとつかんで歩き始めた。

ヒロの教室の前……女の子がたくさん集まっている。

その真ん中にはギターを弾きながら歌っているヒロの姿。

いざその光景を見ると胸が苦しくなってしまい、美嘉は早歩きでヒロの前を通過し廊下の裏へと回りぺたんと座り込んだ。

「美嘉大丈夫？」

「でもここでも歌声聞こえるし……ここで聴こ？」

美嘉はアヤとミヤビの励ましに笑顔でうなずきながらも、遠くから聞こえる大好きだったヒロの歌声に耳を傾けた。

当たり前だけどもう美嘉だけの歌声ではない。

さっきステージで歌った美嘉の歌声、ヒロに少しでも届いたかな。

ヒロは美嘉がこんなとこで歌声聴いてるなんて知らないんだろうな。

だけどね、今、美嘉の心にすごく響いているんだ……。

遠くから聞こえる大好きだった声に涙を流した。

学校祭が終わってからも美嘉とミヤビとアヤは毎日三人で一緒に行動した。

アヤもミヤビも、美嘉にとってはかけがえのない仲間だよ。

心を痛めた夏も過ぎ去り、季節は秋。

読書の秋？　食欲の秋？　勉強の秋？

今年は……食欲の秋に決定!!

高校二年の秋と言えばメイン行事……修学旅行がある。

一年生の時からずっと楽しみにしていたんだ。

自由行動は一緒に回ろうねってヒロと約束したっけ……。

でも今は大好きなアヤとミヤビがいるから平気だよ。

「自由行動は三人で回ろうねぇ!!」

休み時間、ほおづえをつきながら提案する美嘉。

「もちろぉん♪」

アヤの軽快な返事と同時に三人は小指をからめた。

修学旅行は美嘉、アヤ、ミヤビの三人グループ。

グループのリーダーを公平に決めるため、三人はじゃんけんする。

「じゃ〜んけ〜んしょっ!!」

……リーダーは美嘉に決定した。

その日の放課後、さっそくリーダーの集まりがあったので、最後の授業が終わり三人は教室で話をしていた。

「マジで恋してぇ〜！　合コンしても軽い男ばっかりだし〜。夏休みにした合コンは最低だったよね〜美嘉！」

アヤは欲求不満気味に叫ぶ。

「うん……ってか男ってすぐに信用しちゃダメだね!!」

「そうそう！　とか言ってあたし実はまだノゾムに未練あったりして〜♪　美嘉はヒロ君の事忘れたって言ってたけど嘘でしょ!?」

「……まだ未練あるよっ!!」

ミヤビはいつも恋愛の話になるとあまり入ってこない。

「ミヤビは好きな人いないの？」

「えっ、私は……いないかな」

アヤの問いにミヤビは目線をそらしながら答えた。

キーンコーンカーンコーン。

「やばっ、美嘉そろそろリーダーの集まり行ってくるねっ!!」

「あたしとミヤビは教室で待ってるから頑張れ〜♪」

指定された教室にはリーダーになった人達が集まっている。

美嘉は無意識にヒロの姿を探していた。

たとえじゃんけんで負けたとしても、ヒロがリーダーになんかなるわけないのにね。

はぁ～……何期待してるんだろう。

見たことのない顔ぶれの中、美嘉は一番後ろの席に見慣れた顔を見つけて駆け寄り、後ろから肩をたたいた。

「久しぶり～!! 前の席に座っていい??」

見慣れたその顔は……ノゾムだ。

「お～いいよ。美嘉もリーダーかよ？ 似合わねぇな！」

「ノゾムに言われたくないし!! じゃんけん負けたんだも～ん。どうせノゾムも同じでしょ??」

「そう、正解～♪」

美嘉はおどけて舌を出すノゾムの前の席に座ると、後ろを向き机にひじをつきながら話し始めた。

「リーダーって面倒だよね～!!」

しかしノゾムからの返事はない。

ノゾムは明らかに何か言いたげな表情で美嘉の顔をじっと見ている。

「ノゾム～⁇　どうしたのっ⁇」

様子がおかしいノゾムの顔をのぞき込む美嘉。

「美嘉に話あんだけど……」

「え……話って何の⁉」

美嘉はごくりと唾をのみ込み、話を聞く体勢をとった。

「あのな……」

「ちょちょちょちょちょちょっと待って‼」

続きを聞くのが怖くなり両手でノゾムの口を押さえて言葉を止める。

ノゾムが言う話とは……おそらくヒロの事だろう。

しかもノゾムの態度を見る限りそれがいい話ではない事がわかる。

いつもは強がりな美嘉も、ヒロの事になるとこんなに弱いんだ。

くるりと前向きに方向転換をする美嘉。ヒロの話は聞きたいようで聞きたくない。

もしかしてまた彼女が出来たとか⁇

それは確かにつらいけど……でもちゃんと現実と向き合おう。

「……教えて⁇」

再び後ろを向くとノゾムは周囲をきょろきょろと見渡し、美嘉の耳に顔を近づけて小声で話し始めた。

「ヒロ、女出来たって」

予感はみごとに的中した。

平気だと思っていたはずなのに実際に聞くと胸の奥が痛む。

「……マジかぁ。ヒロの彼女ってここの学校⁇」

詳しい事は聞きたくないはずなのに、口が勝手に開いてしまう。

ただ一つ祈る事……ヒロの新しい彼女が違う学校の子でありますように。

ヒロが彼女とイチャつく姿を見るのは、さすがに限界なんだよ。

首を縦に振るノゾム。その行為は美嘉の祈りをあっさりと打ち砕いた。

「……いつから付き合ってるの」

もうヒロの彼女でもないただの他人なのに、なぜかいらだっている。

「三日前だってさ」

「……そっかぁ」

体勢を前に戻す美嘉。そして心の中で、再び重苦しい日々が始まる事に強い覚悟を決めた。

「つーかヒロの女ってミヤビらしいんだよな」

後ろから聞こえた、まるで聞き間違いとさえ思えるノゾムの言葉。

動揺を隠しきれない美嘉は足を机に強くぶつけ、その瞬間、教室には鈍く大きな音が響き渡った。

「ミヤビ……ミヤビって……」

「俺達のクラスのミヤビだよ」

「ミヤビとヒロが付き合ってるって事……⁇」

「あぁ。ヒロから告ったらしい」

……ヒロとミヤビが三日前から付き合ってる⁇

そんなの嘘に決まってるよ。

だってミヤビは美嘉がヒロに未練ある事知ってるもん。

たくさん相談にのってくれたもんね。

さっき教室で話した時も好きな人はいないって……そう言ってたし。

「そんなの嘘だぁ‼　だってミヤビは美嘉がまだヒロの事好きって知ってるんだよ⁇」

うつむき沈黙を続けるノゾムによって、その言葉は現実味を帯びた。

ミヤビ……ミヤビと美嘉は友達だよね⁇

ヒロ……美嘉とミヤビが友達なのは知ってるはずだよね⁇

ミヤビは美嘉から見ても可愛いし性格もいい。

だけどなんでミヤビなの⁇　ミヤビじゃなきゃダメだったの⁇

ほかの人じゃダメだったの⁇

美嘉は勢いよく立ち上がり教室を飛び出た。

「待てよ！」

後ろから追いかけてきたノゾムが美嘉の腕をつかみ、引き止める。

「まだそんなにヒロの事が好きなのかよ？」

見た事のないノゾムの真剣な顔に美嘉は思わず目をそらした。

「まだ……すごい好きだよ……」

自然に頬を流れる涙を見て腕をつかむ力を強めるノゾム。

「なんでそんなに苦しむんだよ？　泣くくらいつらいならやめろよ！　そんな美嘉見てらんねぇよ。俺はヒロの代わりにはなれねぇのか？」

ノゾムの思いつめた声が静かな廊下に響き渡る。

「ノゾム腕……痛い。離して……」

ノゾムの言葉が理解できずに、混乱する頭を抱えその場に座り込む。

「俺マジだから考えておいて」

ノゾムはつかんでいた手を離すと廊下を走り去っていった。

美嘉は長い廊下の先を見つめながら、遠くなっていくノゾムの足音に耳を澄ませる。

短時間にいろんな事実を知り、頭も心も現実についていけない。

この時廊下の陰から突き刺さる視線に気づいてはいなかった。

あの人が二人の会話をすべて聞いていた事なんて知らずに……。


美嘉は思い立ったように立ち上がり、アヤとミヤビが待つ教室へと向かう。

ノゾムの言ってた事が本当かどうかミヤビに直接聞いてみよう。

教室のドアを勢いよく開けたが二人の姿はどこにもない。

美嘉は肩を落として学校を出た。

帰り道……まぶしすぎる夕日が悲しみを誘う。

バス停で足元にゴロゴロと鳴き懐いてくるのは一匹の子猫。

「悩みなくていいね……君になりたいなぁ」

美嘉はお弁当箱に残っていたおかずをあげてバスに乗り込んだ。


次の日の朝。

「おはよっ!!　なんで昨日帰っちゃったのさぁ⁇」

わざとらしく元気を装ってアヤとミヤビにあいさつをしたが、二人は美嘉を無視して教室から出ていった。

その時制服がまくれ上がって一瞬だけ目に入ったミヤビの腕。そこに見えたのは……。

腕についていたのは、ヒロがいつもつけていたブレスレット。

見間違うはずがない。あのブレスレットは付き合ってた頃、おそろいで買ったやつだよね。

「ヒロとミヤビが付き合ってるのは本当だったんだ……」

二人に無視された事などすっかり忘れ、改めて突きつけられた目の前の現実に心が曇った。


一時間目の授業は体育だ。

一人でジャージに着替え体育館へと向かう途中、二人に避けられているという事実にやっと気がついた。

人の輪からはずれ独りぽつんと体育座りしていると、遠くではノゾムが少し気まずそうに右手を上げているので、美嘉は苦笑いをして右手を上げ返した。

その姿を見たアヤがわざと聞こえるような大声で叫んだ。

「あ〜あ、誰かさんはいいよねぇ〜。人の好きな男奪って普通に学校来れるんだからさ〜！」

アヤに続けてミヤビも叫ぶ。

「最悪だよね。友達だと思ってたのに裏切られたね！」

二人に避けられてる理由がなんとなく把握できた。

昨日のノゾムからの告白……聞かれてたんだ。

アヤはノゾムの事がまだ好きだから、美嘉がノゾムを取ったと思ってるんだ。

美嘉がまだヒロに未練あるの知ってるじゃん。

友達だと思ってたのに裏切られた……⁇

ミヤビは美嘉がヒロに未練あるのを知っててヒロと付き合ってるんでしょ⁇

それはこっちのセリフだよ。

あぁ、そっか。

アヤはミヤビとヒロが付き合ってるのをまだ知らないんだね。

しょせん友情なんてこのくらいで壊れちゃうんだね。

学校になんていたくない。もう帰りたい。

美嘉は先生の目を盗み制服を持って体育館を出た。

その時……。

「帰んの？」

息を切らし追いかけてきたのはノゾムだ。

今ノゾムと話してるところをアヤとミヤビに見られたらさらにややこしい事になってしまう。

ノゾムの言葉に耳を傾けず無言で歩き始める美嘉。

ノゾムが悪くないのはわかってるんだ。ただ八つ当たりしてるだけ……。
「なんで無視すんの？」
ノゾムが美嘉のカバンをつかむ。
振り払おうと後ろを振り返った時、遠くにはヒロの姿が見えた。
楽しそうに笑うヒロの腕に……ブレスレットはない。
やっぱりミヤビにあげちゃったんだ。
美嘉はジャージと上靴のまま外へ飛び出た。走って……走って……全速力で走る。
何かを求めて足を運んだのはヒロと過ごした思い出の川原。
ここに来ればさらにつらくなるのはわかってる。でもいつの間にか来てしまっていた。
草の上に座り大声で泣き叫んだ。
誰か誰か誰か助けて。
ノゾムに逃げれば楽になるのかもしれない。
でもそれはノゾムとアヤを傷つけるだけの行為にすぎないんだ。
どうして？　どうして？　どうして？
幸せになんてなれなくてもいいよ。
平凡に暮らせれば……それでいいんだよ。
でも神様はそんな願いさえも叶《かな》えてはくれないんですね。

……もうこれ以上傷つけないでください。

ヒロと別れてからつらくて苦しくて……でもね、出会えて良かったたって思えた。

ヒロに出会えたお陰で少しだけ大人になれたような気がするし、本気で人を好きになる気持ちを知る事ができたんだ。

だけどね、今は出会わなければ良かったのかなと思ったりもしてる。

こんなに傷つくくらいなら、出会わなかった方が良かったのかな……⁇

背後から聞こえる足音にもう淡い期待さえ抱かない悲しい自分がいる。

ミヤビの相手がヒロじゃなかったら笑顔でおめでとうって言ってあげられたかな。

二人の幸せ願えたかな。

恋愛も友情も……何もかもが信じられなかった。


どんなに嫌な事があっても朝は必ずやってくる。

昨日あんな事があったばかりなので学校に行くのが憂鬱だ。

同じクラスには、アヤとミヤビとノゾム。考えただけで気が重い……重すぎる。

重い腰を上げ、仕方なく学校へ向かった。

無視されるとわかっているので、あいさつをせずに席に着く。

アヤとミヤビは昨日と変わらず冷たい態度だ。

もういいよ。今さら言いわけする気なんてない。

こんな事で壊れる仲間なら、そんなのいらない……。


午前の授業が終わって昼休みの時間。

今まではアヤとミヤビと弁当を食べていたが、今日は一人。

「一人っすか？　ご一緒しませんか〜？」

弁当箱を開いた時、後ろから手のひらで目隠しをされた。

「なーんて♪　びっくりした？」

……そこにいるのはヤマトだ。

「うん、一人……」

「だったら一緒に弁当食べねぇ？　あいつらが美嘉と食べたいらしいんだよね！」

ヤマトが指差す方向には同じクラスのイズミとシンタロウがいる。

この二人とは同じクラスなのにあんまり話した事がない。

茶色でツンツンに立たせた髪、そして口ピアスが特徴のヤマト。

ヒロと別れた時からずっと相談にのってくれていて、美嘉にとって今一番信用できる男友達。

背が高くて、サバサバした性格のイズミ。

バスケ部に所属していて短い髪がとても似合う活発な女の子。

長身で色白、金髪に黒ぶち眼鏡をかけていつもヘッドホンで音楽を聴いているシンタロウ。

クールだけどたまにギャグを言ったりもする不思議な男の子。

ヤマトとイズミとシンタロウの三人は仲が良くいつも一緒にいる。

「美嘉が行ったら邪魔だよ……」

断りの言葉を最後まで聞かず、ヤマトは美嘉の頭をチョップした。

「邪魔じゃねぇから！ イズミもシンタロウもいい奴だから行こうぜ♪」

ヤマトの強引さに負け、美嘉は弁当箱を持って移動しイズミとシンタロウの向かいの席に腰を下ろす。

ずっと仲良しだった三人の間にずうずうしく割って入っていいのか。

おそるおそる顔を上げると二人が口を開いた。

「私、美嘉ちゃんと話してみたかったんだ♪」

持っていたお茶をうれしそうに振り回すイズミ。

「こいつ美嘉ちゃんの事、小さくて可愛い～妹にした～いっていつもうるせーんだわ」

シンタロウがイズミの肩に手を置く。

二人が気さくに声をかけてくれたお陰で気持ちが救われた。

「いい奴らだろ♪　一緒に弁当食おうぜ～！」

ヤマトの言葉に目を輝かせながら小声で問いかける美嘉。

「一緒に食べてもいいの!?」

すると三人は目を合わせて口をそろえた。

「「当然っしょ！」」

この日初めて四人でお弁当を食べた。

ヤマトもイズミもシンタロウも、美嘉が仲間外れにされている事をなんとなく気づいているように感じたけど、理由を聞いてはこなかった。

それ以来三人は美嘉が一人でいる時は必ず声をかけてくれた。

入りにくいと思っていた三人の間には意外とすぐになじめ、いつしか毎日をヤマトとイズミとシンタロウの三人と過ごすようになっていった。


——気づけば風が冷たい十一月。修学旅行がもう間近だ。

アヤとミヤビとはしばらく会話をしていないけど、修学旅行では同じグループなので一緒に計画を立てなければならない。

一つの机に美嘉、アヤ、ミヤビが集まる……恐怖の時間が始まった。

「……自由行動どこに行きたい⁇」

弱気な美嘉の問いかけに二人はそろって無視攻撃。

それどころか二人だけで笑いながら計画を立てている。

遠くではイズミ達がその様子を観察し、先生を呼び、何かを相談しているみたいだった。

そしてイズミは相談を終えるとおもむろに携帯電話をいじりはじめた。

♪ブーブーブー♪

ポケットの中では携帯電話が振動している。

先生の後ろ姿を確認すると、美嘉は首の骨をポキッと鳴らし受信ＢＯＸを開いた。

受信：イズミ
《今先生に聞いたら自由行動はグループの人以外で回っていいみたい♪　だから私達と回ろう！　同じグループの子に何かイヤミでも言ってやって、こっちにおいで♪》

携帯電話を握りながら顔を上げると、三人はガッツポーズをしている。

その光景が妙におかしくて、美嘉はフフッと微笑んだ。

そんな美嘉を見てアヤとミヤビが横目でにらんでいる。

美嘉は立ち上がり、その場でまだ仲良かった時に三人で決めた自由行動の計画表をぐしゃぐしゃに丸め、そして丸めた計画表をアヤとミヤビに向かって投げつけた。

「二人で好きな所行っていいよ。美嘉がいると楽しくないでしょ?? 美嘉も楽しくないから〜。じゃあね!!」

床に落ちた計画表は、戻らない友情の破滅を意味していた。

不服そうな顔で耳打ちし合っているアヤとミヤビをよそに、イズミ達の席へ向かう。

「美嘉〜あたし達と楽しもうね♪」

「最高の修学旅行にしような！」

「さっそく計画立てよ〜ぜ」

きっと一人じゃどうにもできなかった。

イズミとヤマトとシンタロウのおかげで……今学校に来るのが楽しいんだ。

——修学旅行、前夜。旅行の準備をしていた時、携帯電話の着信音が鳴った。

♪プルルル♪

着信：ノゾム

ずっと避けていたノゾムからの電話……そろそろいいかな。

『もしもしぃ!!』

『おー明日から修学旅行だな』

何事もなかったように自然と話し始めるノゾム。

『だね〜!!』

『最近一緒にいないけどアヤとケンカしたのか？』
ノゾムが原因だよ。
……いざこざを避けるためにその言葉をのみ込んだ。
『別に～してないよん!!』
『そう言えば返事決まったか？』
普通の会話から突然一変する話題。美嘉の中で返事は百パーセント決まっていた。
『ノゾムとは付き合えないの。ごめんね……』
電話の向こうから大きなため息が聞こえる。
『ヒロか？』
〝ヒロ〟
久しぶりに聞いた名前の響きに動揺が隠せない。
『ちっ……違う。ヒロはいいのっ!!　今は誰とも付き合う気にはなれないんだ……』
『わかった。ダチではいてくれるか？』
『当たり前だしっ!!』
これでからまっていた糸が一本ほどけた気がした。
ノゾムごめんね。でも、ノゾムは美嘉の事好きじゃないと思う。
自分のせいで美嘉とヒロが別れたんじゃないかって……つぐない、それか同情する気

持ちがあったんじゃないのかな⁇

だってね、知ってるんだよ。

ノゾムはいつもアヤを目で追ってるの……知ってるんだ。

真実はわからないけど、でもうれしかった。

……ノゾムありがとう。

——修学旅行当日。天気は驚くくらいの快晴。

美嘉はまるで遠足に行く子供のように期待で胸がいっぱいだった。

「ふぁ〜眠いよぉぉぉ〜イズミ助けてぇ〜……」

「もしかして寝てないの⁉」

「楽しみであんまり寝てにゃい〜……」

バスの中、大口を開けてあくびをする美嘉。

「ちゃんと寝なきゃダメでしょ！　体壊すよ？　もぅ〜」

「美嘉、俺、酔い止め持ってるから飲め」

過保護ぶりを発揮するイズミとシンタロウを見て、ヤマトはあきれた顔をした。

「なんかおまえらって美嘉の親みたいだな！」

「あはっ‼　じゃあイズミとシンタロウは夫婦だね♪」

美嘉の何気ない一言にイズミは素早く、そして強く否定する。

「何言ってんの！　バカ！」

その一瞬でイズミが見せた小さな変化を美嘉は見逃さなかった。

そう、イズミの顔がほんのりと赤くなったのを……。

「シ・ン・タ・ロ・ウ」

美嘉はさりげなくイズミの隣に移動し、周りに聞こえないよう耳元でつぶやいた。

「……なっ⁉」

イズミの顔がみるみるうちに赤く染まる。その瞬間、自分の予想にはっきりと確信を得た。

「イズミはシンタロウＬＯＶＥなんだっ‼　告白はしないの⁇」

唐突でまっすぐな美嘉の質問に戸惑いの表情を見せるイズミ。

「だって自信ないから……」

「自信持って‼　修学旅行がチャンスだよ⁇」

美嘉は根拠のない自信に満ちあふれていた。

だってシンタロウもイズミにだけ態度が違うと……そう思うから。

「じゃあ……頑張ってみる。美嘉、協力お願いね！」

考えた末、イズミはシンタロウに告白する事を決心した。

美嘉もまた、イズミとシンタロウをくっつける決心をしていた。

東京に到着し、自由行動で四人はディズニーシーへと向かう。

アトラクションを選んでいる途中、美嘉はヤマトの手を引き、わざと人込みの中にはぐれ、そしてイズミにメールを送信した。

《今がチャンスだよ!!　自信持ってガンバ(^_^)》

わけがわからずあせるヤマトに事情を詳しく説明する。

「イズミはシンタロウの事が好きなんだって!!　だから告白させるためにわざとはぐれたの!!」

美嘉の言葉を聞いてヤマトは開いた口がふさがらない様子だ。

しめしめ……イズミの気持ちを知って驚いてるんだ。

しかしヤマトが驚く理由はほかにもあった。

「シンタロウも修学旅行中イズミに告白するって言ってたぞ？」

「「……両想い!?」」

二人の声が同時に重なる。

しばらくして待ち合わせ場所に現れたイズミとシンタロウは手を握り合っていた。

「ヒューヒュー！　シンタロウおまえもやるね～♪」

「うるさい、ほっとけ」

「イズミおめでと〜っ!!」

「……美嘉、協力してくれてありがと♪」

いつもはサバサバしたイズミだけど、今は恋する女の子の顔をしている。

恋するっていいなぁ。

美嘉もヒロと付き合ってた時こんなに幸せな顔してたのかな。

大好きな友達が幸せに笑ってくれるのは、こんなにうれしいことなのに、ミヤビがヒロと付き合った時はどうして祝福できなかったんだろう。

美嘉に隠して付き合ってたミヤビを許せないから？

……違う、そうじゃない。

まだ心のどこかであの人を忘れられずにいるからだね。

しまっていた気持ちが見え隠れする。

楽しい時間はあっという間に過ぎ、四人はホテルへと戻った。


部屋割りはグループごと……つまりあの二人と同室。

美嘉はわざとらしく大きな音をたてて部屋のドアを開くと、楽しそうに笑っていた二人の声が一瞬静まった。

さっさと制服を脱ぎパジャマに着替えてベッドに潜り込む。

「美嘉」

布団越しに名前を呼んでいるのはアヤの声。

「ノゾムの告白断ったんだってね……」

美嘉は何も答えず、うっとうしいと言わんばかりに寝返りを打つ。

「あたしノゾムが美嘉に告ったの聞いちゃったんだ。まだノゾムに未練あったから美嘉に嫉妬した。無視とかしてごめん」

「美嘉ごめんね」

アヤに続けて謝ったのは……ミヤビだ。

今さら謝ったってもう遅いよ。

アヤは美嘉の話を全然聞いてくれようともしなかったじゃん。

ミヤビだって謝るより言うべき事があるよね⁇

「明日の大阪の自由行動なんだけどミヤビ彼氏と行動するみたいだからあたし一人なんだ。美嘉一緒に行動しない……?」

ミヤビの彼氏……それはヒロの事。

胸がわしづかみされたようにぎゅうっと苦しくなる。

ミヤビがうらやましいよ。ミヤビになりたいよ。

もう一度……もう一度あの頃のようにヒロに愛されたいよ。

カッコ悪くて情けない本音……でも痛々しく切実な願い。

「明日イズミとヤマトとシンタロウとUSJ行く約束したから無理だよ」

アヤはそれ以上何も言ってはこなかった。

修学旅行一日目の夜が更けてゆく。

――修学旅行二日目。大阪での自由行動でUSJに訪れた。

初めて来た場所に胸が躍り、悩みや考え事はすべて忘れて騒いだ。

少しだけ、ほんの少しだけアヤの事が気にかかっている。

アヤは一人で行動してるのかな⁇

でももう関係ないから今日くらいは何も考えずに楽しもう。

「あ～ラブラブでいいなっ‼」

手をつないで歩くイズミとシンタロウを見て、うらやましそうに指をくわえる美嘉。

「おっ、じゃあ俺とつなぐか？　空いてるぞ！」

「わ～い‼　ヤマトっち～‼」

美嘉は差し出されたヤマトの手を握った。

「ねーねー、じゃあ四人で手つなごうよぉ♪」

イズミの提案で四人は手をつなぎ横一例に並んで歩いた。

友達っていいな。この三人といると心が楽になるなぁ。

冬が近いせいか日が落ちるのが早く、外はすでに薄暗い。

「クリスマス近いからツリー点灯されてるらしいよ！　見にいこう♪」

大人っぽい見た目のわりに、子供みたいに何かを期待して目を輝かせるイズミに連れられ、ツリーのある場所へと向かった。

もう少しで見えそう……とその時足を止めたのはシンタロウだ。

「あ〜、ツリー見るのはあとにしようぜ。違う場所に行こう」

「え〜、行こうよ！　今すぐ見たいのに！」

イズミが足をバタバタさせてダダをこねる。

「そーだぁ!! 行こうよ♪　せっかくだしっ!!」

美嘉もすかさずイズミへのフォロー。

シンタロウはイズミに耳打ちをした直後に遠くを指差すと、イズミは背伸びをしながらその方向を見て深くうなずいた。

「やっぱりあたしツリーそんなに見たくなくなったぁ！」

明らかにイズミの様子がおかしい。

シンタロウが指差した方向を見ようと背伸びをしたが、イズミとシンタロウがわざとらしく美嘉の前に立ちはだかっているせいで見えない。

地面をぴょんぴょん跳ねて無駄な抵抗をすると、ヤマトが後ろから手のひらで美嘉に目隠しをした。

「何!?　なんで見せてくれないの??」

ヤマトの指を強引に開きイズミとシンタロウの間に割り込んでのぞく。

……そこにいたのは笑顔で手をつないだヒロとミヤビの姿。

二人でいる姿を見るのはこの日が初めてだった。

二人が付き合ってるのなんてただのうわさかも……そう思う事で逃げ道を作ってきたけど、今目の前に飛び込んできた光景によって逃げ道はあっさりとふさがれた。

「もう行こう！」

美嘉の手を引くイズミ。しかし体が硬直して動こうとしない。

この苦しみを……二人が仲良く手をつないでツリーを見ている光景をしっかりと目に焼きつけておかなきゃ。

そうすれば嫌でも忘れられるかもしれないから。

その時、美嘉はヤマトに強引に抱きかかえられ二人が見えない場所まで運ばれた。

「美嘉大丈夫……？」

乾いた沈黙の中イズミが話を切り出す。

二人の姿を見たのはショックじゃないと言えば嘘になる。

だけど……だけど今そんな事より気になっている事があるんだ。

「ねぇ、みんなはヒロとミヤビが付き合ってた事知ってたの⁇」

イズミはシンタロウと目を合わせて少し気まずそうに答えた。

「一緒に歩いてるの見た事あるからなんとなく知ってたよ……」

美嘉は返事をせかすように早口で問う。

「美嘉がヒロに未練あるのは知ってた⁇」

「あたしはヤマトから聞いてたから知ってたよ……」

「勝手に話してごめんな」

申しわけなさそうにつぶやき美嘉の頭の上に手を乗せるヤマト。

「じゃあ、全部知ってて美嘉と仲良くしてくれてたの⁇」

同時に地面に視線をずらすイズミとヤマト。

「美嘉が元気になってくれればうれしいって、三人で話してたんだ」

シンタロウからの不器用な言葉で、すべての事実が判明した。

みんなはヒロの事もミヤビの事も全部知ってた。

でもあえて傷に触れないよう何も聞かないで、一人になった美嘉に声をかけてくれて、たくさん元気をくれてたんだ。

美嘉がヒロとミヤビに遭遇しなかったのは、きっとみんながわざとそうならないようにしてくれてたから。

美嘉は……陰でみんなに守られてたんだね。

どうしてずっと気づかなかったんだろう……。

三人の心づかいと優しさに感動し、そして心から感謝した。

もし一人でヒロとミヤビの姿を見ていたら気持ちが壊れて立ち上がれなかったと思う。

でも今は仲間に守られてる心強さがあるから立ち上がれるよ。

三人のお陰でね、美嘉は助けられたんだよ。

今まで、恋のせいで人が変わってしまった姿を何人も見てきた。

ヒロの元カノも、アヤも……そうだったな。

友達なんて……仲間なんてガラスのようにもろく、触れたらすぐに壊れてしまうはかないものだと思っていた。

だけど、今はこの三人の友情が壊れる事はないって信じられる。

これが永遠に変わる事のない本当の〝仲間〟なんだね。

「みんなぁありがとぉ～……」

イズミに抱きつき、すすり泣く美嘉。

「よしよし、ポップコーン買ってあげるから泣かないの！」

「ヤマト様はジュース買ってやる♪」

「じゃあ俺は……思いつかねぇ～や」

……みんな子供扱いするんだから。

みんな、本当にありがとう。

涙も止まり歩き始めると、アヤが違うクラスの子と興奮気味にこっちへ向かって走ってきた。

アヤが一人ぽっちではなかったとわかり、心のとげが一本抜ける。

「美嘉～大変大変大変！」

「……何⁇」

アヤがこれから言う内容はだいたいわかってるけどね。

「ミヤビとヒロ君付き合ってるんだって！」

その言葉はまさに予想通りだ。

「知ってるよ……」

今その事には触れないでほしい。

せっかく楽しい修学旅行なのに余計な事は考えたくないよ。

「え！　いつから知ってたの⁉」

裏返るアヤの声とは反対に、美嘉は低く一定のトーンで答えた。

「……無視される前から知ってた」

「ありえなくない？ だってミヤビずっと彼氏いないって言ってたんだよ！ 彼氏いるって聞いたの昨日だし。しかも美嘉がヒロ君好きなの知っててでしょ？ 裏切り者じゃん！」

美嘉の頭の中では嫌な映像が頭をよぎった。

それは手をつないで楽しそうに歩くヒロとミヤビの姿。

「ミヤビは裏切り者なんかじゃないよ。ヒロがミヤビを選んだんだから……美嘉はもうヒロにとって彼女でもなんでもないし、ヒロが幸せならそれでいいの……」

感情的になり涙があふれたので、流れないようまばたきをせずに上を向く。

ヒロと別れてから泣き虫になったなぁ。

何度も幸せだった日々を思い返して、いつか戻れる事を夢見てた。

想ってるだけ……なんてそんなの嘘。本当はもう一度愛されたいと願っていた。

かなわない願い……この世に一つだけある。

つないだ手を離すのは簡単だけれど、離した手をもう一度つなぐのは難しくてとても勇気がいるんだね。

追いかけるものがなくなった今、怖いものは何もない。

美嘉は頑張れるよ。一人でも……頑張れるから。

イズミは美嘉の決心に気づいたのか、そっと頭をなでてくれた。

その日の夜、ホテルの部屋の中は最悪な雰囲気でアヤもミヤビもそして美嘉も、言葉を発する人は誰一人としていない。

唯一テレビの音だけが沈黙をかき消す役目を果たしていた。

次の日から美嘉は何かが吹っ切れたかのように怖いくらい元気になり、三日目も最終日も無理しているわけではなく純粋に楽しかった。

疲れて寝てしまった帰りの飛行機は、気がつけば空港に到着。

イズミとヤマトとシンタロウのお陰で、楽しい修学旅行だった。

自分自身もこの修学旅行中に何かが変わる事ができたような気がするんだ。

イズミとシンタロウの恋も成就したし、うれしいよ。

……ただ一つ心残りなのは、ヒロとの付き合いをミヤビの口から直接聞きたかったという事。

言ってくれるのずっと待ってたんだよ⁇　今さら言っても、きりがないけどね。

こうして最初で最後の修学旅行は終わった。

修学旅行以来開き直ったのだろうか……ヒロとミヤビは付き合いを堂々と周りに公表するようになった。

ミヤビとは地元が同じなだけあって、バスが一緒になる事もある。

もちろんその時はヒロも一緒にいる。だからわざとバスの時間を遅くに変えたりした。

ヒロが教室までミヤビを迎えにくる事もあって……そんな時はわざと見ないようにして窓を見つめたりもした。

今でもヒロの事は好きだよ。でももう戻りたいとは思わないの。

だって戻れない事がわかってるから。

まだ時々胸が痛む時もあるよ？

いつか忘れられるよね。

……大好きだった人が今幸せならそれでいいんだ。


——十二月……。

雪がちらちら降る季節、四人はクリスマスの話題で盛り上がっていた。

「もうすぐクリスマスだね♪」

机にひじを置きながらシンタロウに甘く微笑みかけるイズミ。

「おまえらはラブラブクリスマスか～」

「はぁ～うらやましいっ♪」

フリーの美嘉とヤマトは嫉妬の目で二人を交互に見る。

「みんなでクリスマスパーティーやんねぇ？　ワイワイ騒いだ方が楽しいし。俺バイトの先輩呼ぶからさ」

「「大賛成♪」」

シンタロウのナイスな提案に三人は声をそろえて立ち上がった。

このクリスマスパーティーで美嘉の第二の人生が始まる事になるとは……今は知るはずもなかった。

楽しい事の前には必ず嫌な事がある。それはクリスマス前の期末テストだ。

大健闘もむなしく、結果はさんざんで結局補習を受ける事になった。

もうすぐクリスマスなのに……冬休みなのに。

放課後、美嘉は補習が行われる教室へと向かった。

できるだけ後ろの席に座ろうと教室の後ろのドアを開ける。

ガラララ。

ガラーンとした殺風景な教室。

一番窓側の真ん中あたりの席に見えたまぶしいくらいの金髪。

あの後ろ姿は……ヒロだ。

一年間も一緒にいたんだもん。間違えるはずがないよ。

まさかヒロも補習だったとは……。

ヒロに見つからないよう美嘉は廊下側の後ろの席に腰を下ろした。

時間になり先生が教室に入ってきた。

「補習始めるぞ～！　一、二、三、四、五……あれ、一人足りないな……高田《たかだ》アヤか。

高田は休みか～？」

アヤ……アヤも補習なんだ。今日はいないからサボりかな。

「高田アヤは今日休みか？　学校に来てたか？」

先生が美嘉の方を見て言うので、生徒全員がこっちに注目している。

先生のバカッ!!　ヒロにバレないように存在消してたのに。

「学校には来てたけどわかりませ～ん!!　先生補習っていつまであるの??」

どうせバレたのなら……と、いっそのこと開き直る。

「冬休み前までだからな～、二十四日までだ！」

「え～そんなにあるの?!　嫌だぁ～最悪」

「頑張れ！　頑張れば早く帰らせてやるからな！」

補習を受けていた時……。

～ポンッ。

何かが飛んできて美嘉の頭に当たって床に落ちた。飛んできたのは白く丸まった……

紙。

顔を上げて紙が飛んできた方向に目をやると、ヒロがこっちを見て何やらジェスチャーをしている。

そのジェスチャーの意味はおそらく〝その紙を拾え〟……だ。

紙を拾いゆっくりと広げると紙に書かれているのは小さく乱雑な文字。

【美嘉、なんか変わったな！】

……変わった⁇　何が⁇

その言葉が良《い》い意味か悪い意味かはわからない。

でもヒロが美嘉あてにくれたメッセージ。

単純かもしれないけど、手紙で〝美嘉〟と呼んでくれた事がすごくうれしかった。

ヒロに向かってあっかんべーをすると、ヒロはあの頃と何ら変わらないあどけない笑顔をしていた。

補習が終わり教室に忘れ物を取りに行ってから帰ろうと玄関に行くと……そこには玄関の前で会話をしているヒロとミヤビがいる。

美嘉は二人を見つけると反射的に靴箱の陰に隠れた。

……なんで隠れてるんだろ。

身動きができず、二人の会話がリアルに耳に入ってくる。

「弘樹～補習お疲れさま！」

聞いた事のないようなミヤビの甘い声。

「おー待ってたのか？　寒かったろ」

「めっちゃ寒かった！　なんて嘘だよ～」

「嘘つきが～。こ～してやる！」

「やだぁやめてよ！　キャハハハ！」

姿は見えないけれど、情景が頭に浮かぶ。

美嘉はその場を動く事ができなかった。

こんな時に……どうしてだろう。

ヒロに出会った事。

レイプされた事、元カノに嫌がらせをされた事、病院で手首を切った事。

妊娠した事、流産して抱き合って泣いた事、川原に行った事。

最後のデート、別れの言葉、去ってく後ろ姿。

ヒロが名前を呼ぶ声、ヒロの大きい手、ヒロのやわらかい髪、ヒロの温かい唇。

楽しかった事、悲しかった事、苦しかった事、幸せだった事。

すべて……すべてを思い出している。

これから先もヒロの事恨んだりなんかしない。今でも好きだよ。

大好きだよ。

でももうヒロの目に美嘉が映る事はないんだ。

流したたくさんの涙は無駄なんかじゃなかったよね⁇

ヒロは追いつけないくらいの速さでどんどん前に進んでるのに、美嘉は立ち止まったまま進めずにいた。

〝別れ〟は二人の終わりを告げる悲しい言葉。でも、新しい始まりの言葉でもある。

ヒロのお姉ちゃんが言っていたように、もし運命の二人ならまたいつかどこかで会えるよ。

……美嘉は大好きだった人の幸せを願う。

唇をぎゅっとかみしめたのは、ある一つの決心をしたから。

ヒロとミヤビにゆっくり近づき、精一杯の笑顔で言った。

「ヒロ、ミヤビ…………幸せにねっ!!」

この言葉が本音なのか、今はわからない。

美嘉は返事を聞かずにまっすぐ前を見て歩きだした。

もう、絶対に後ろを振り向きはしない。

立ち止まらない。迷わない。夢見ない。

うまく笑えてたかな？　声震えてなかったよね？

美嘉頑張ったよね？

強く握りしめていたせいか汗で湿った白い紙を……ヒロからのメッセージを……強い決意を胸に雪の中へ投げつけた。

「そろそろ新しい恋したいなぁ」

込み上げるたくさんの想いを抱えて空を見上げる。

雲が流れ……ヒロと別れた日も、こんなふうに流れていたっけ。

でもあの頃とは違う。

確実に前に進みはじめてるよ。

この空は今もヒロとつながっているけど……あの日遠くなってゆく背中を追いかけなかった自分を、笑顔で大好きな人の幸せを願った自分を、いつか誇りに思えるように……。

大好きな人、幸せになれますように。

たくさんの日々をありがとう。

この日を最後に美嘉は新しい恋を見つける決意をした。

小さな手袋

それからは結局アヤともヒロとも一言も話す事のないまま、補習が無事に終わった。

——十二月二十四日。

「じゃあ今日のクリスマスパーティーは六時にヤマトの家でＯＫ？」

今日はクリスマスイブ……イズミが興奮気味に体を乗り出す。

「おう、俺んちに集合な！」

「わぁ〜い楽しみっ!!」

「その前に、美嘉は最後の補習頑張れよ」

補習の事などすっかり忘れていた美嘉にとって、シンタロウからの応援の言葉は気持ちを重くさせた。

つらかった補習も今日でやっと最終日を迎える。

「補習は今日で終わりだ。よく頑張ったな。いい冬休みを過ごせよ！」

パーティーの用意をするため家に帰ろうと、軽い足取りで教室から出たその時……。

「美嘉！」

はるか遠くから聞こえる甲高い声、こっちへ向かって走ってくるのは……アヤだ。

「美嘉ちょっと時間ある？」

アヤと話したのは修学旅行以来。美嘉は携帯電話を開き時間を気にしながら答えた。

「……ちょっとだけなら」

「あたしミヤビがヒロ君と付き合ってるなんて知らなくて、本当にごめん。前みたいに戻りたいんだぁ……」

頭を深々と下げるアヤを見て今までの事を思い返す。

アヤが美嘉を無視しはじめた時、友情ははかないものだと……強く思った。

でもね、自分の好きな人がほかの女に告白したら腹が立つのは当たり前だし、憎くなるよね。

それにノゾムにすぐ返事をしなかった美嘉も悪い。

悪いのはお互い様だよ、だからもういいよね??

でも無視されてた時間はつらかったから、アヤにちょっとだけ意地悪をさせてもらうよ。

ノゾムが今もまだアヤを目で追ってることは……しばらくは教えてあげない!!

「ん……もう謝らなくても大丈夫だよっ!! 美嘉こそごめんね??」

長く重い沈黙の中、美嘉が発した言葉にアヤの顔がほころんだ。

「本当ごめんね。美嘉今日何か予定ある？　遊ばない？」

「ごめん!!　今日イズミ達とシンタロウのバイト先の先輩と、クリスマスパーティーする予定なんだぁ……」

縮まりかけた二人の距離が再び開く。

「あたしもそのパーティーに参加したらダメかなぁ？」

アヤからの意外な要求に美嘉は戸惑いを隠せなかった。

「ん～イズミに聞いてみるっ!!」

腹が立つこともたくさんあったけど、なんだかんだ言ってアヤにはいろいろと助けてもらったし、パーティーによってまだほんのり開いているすき間が埋まるかもしれないと思った。

あとはイズミの返事次第だ。

アヤから距離を置いた場所でイズミに電話をかけすべてを報告すると、イズミは『美嘉がいいならあたしはいいよ！　ヤマトもシンタロウもそう言うと思う！』と言ってくれた。

電話を切り、イズミの返事に胸をなで下ろしながらアヤのほうへと戻る。

「大丈夫だって!!　一緒に行こう!!」

アヤの不安げな顔が、みるみるうちに涙目になる。

「ありがとう。美嘉と仲直りできて良かったぁ……」

「泣くなぁ～バカッ!!　パーティー六時からだから早く帰って用意しよっ!!」

校門を出ると、目の前ではヒロとミヤビが手をつないで前を歩いている。

心配そうな顔をするアヤに、美嘉はまっすぐ二人を見つめながら答えた。

「美嘉は平気だよ⁇　新しい恋するって決めたからねっ!!」

その表情に迷いはなく、偽りの言葉ではなかった。

「そっか！　美嘉、新しい恋に向かってレッツゴー♪」

「うん、これからの出会いに期待だね～!!」

二人はわざとヒロとミヤビに聞こえるような大声で叫び、そして顔を見合わせながら大笑いした。

「『フったこと、後悔させてやろうよ!!』」

それは固く揺らぐことのない……決意。

パーティーまではあと二時間。

美嘉はアヤの家に着くと制服からあらかじめ持参した黒いワンピースに着替えた。

「そのワンピ超可愛い～♪　あたしもオシャレしちゃおっかなぁ？」

「しちゃえしちゃえ～!!」

ヒロとミヤビが二人でいる姿を見たけど、前ほど苦しくはない。
まったく気にしてないと言えば嘘になる。
だけど、今はこれで良かったんだと……そう思えるんだ。
パーティーに向けて用意で盛り上がっていると、ふとイズミの姿を思い出した。
イズミの私服といえば決まってTシャツにジーンズ。
イズミの事だからパーティーと言ってもいつも通りの服装で来るだろうな。
おしゃれしたら絶対可愛いのに……。
その時一つの作戦が頭に浮かんだ。
その作戦を実行させようとアヤと相談の末、さっそくイズミにメールを送信。
《今すぐ学校近くのパチンコ屋の前に来て!!》
美嘉はイズミからの返事を待たずにパチンコ屋の前へと向かった。
「どうしたの!?」
しばらくして待ち合わせ場所に走ってきたイズミ。
やっぱりコートの下はTシャツにジーンズ姿だ。
美嘉は不敵な笑みを浮かべ、強引にイズミをアヤの家へと連れていった。
「アヤ～、イズミが来たよっ!!　作戦開始!!」
「ラジャー♪」

アヤは立ち上がって敬礼をし、あっけにとられているイズミの服を脱がし、勝負服に着替えさせ素早くメイクをする。

その合間を見て、美嘉はイズミの短い髪をコテとワックスを使ってセット。

そう、作戦とは〝イズミ変身大作戦〟だ。

イズミだって同じ女の子だもん、もっともっと可愛くなってほしい。

イズミの整った顔立ちには大人っぽいメイクが驚くほど映え、すらっと伸びた長い足には黒いロングスカートがとても似合っていた。

「イズミちゃんすごい変わった！」

「イズミめちゃくちゃ可愛いよ～♪　シンタロウ喜ぶよっ!!」

興奮してべた褒めする美嘉とアヤをよそに、イズミは心配そうな浮かない表情をしている。

「私が化粧したりスカート履いたらおかしくないかな……？」

「な～に言ってんの!!　イズミ可愛いんだから自信持って♪」

美嘉の言葉を聞いたイズミは、目に涙を浮かべながら照れくさそうに微笑んだ。

「初めてそんな事言われたよ、ありがとう。本当にありがとう！」

用意に没頭してしまい、時計を見ればもう集合の三十分前……五時半。

三人は急ぎ足でヤマトの家へと向かった。

ピンポーン。

玄関のドアがゆっくりと開く。

「お～オシャレしてんな！　俺の部屋、二階の一番奥だから先入っていい……」

アヤの顔を見た瞬間、ヤマトの動きが止まった。

おそらくアヤが来る事はまだ聞かされてなかったのだろう。

「あとで詳しく事情説明するから!!」

美嘉はヤマトにそう耳打ちすると、逃げるように階段を駆け上がった。

ベッドとテレビがあるだけでガラーンとした広く寂しいヤマトの部屋。

三人はそわそわして緊張した面持ちでその場に腰を下ろす。

待つ側ってどうも落ち着かないものだ。

「シンタロウはまだ来てないんだ～……」

下唇をとがらせていじけるイズミ。

きっと可愛く変身した姿を早くシンタロウに見せたいのだろう。

その時玄関のドアが開く音が聞こえ、階段を上がる足音がだんだん近づいてきた。

カバンから手鏡を出し髪を整えるアヤ。美嘉とイズミも一緒になって手鏡をのぞき込む。

「お待たせ～」

ドアが開いたと同時に先頭をきって部屋に入ってきたのはシンタロウだ。

シンタロウはイズミの変身した姿を見て持っていた荷物を床に落とした。

「……イズミ？」

「メイクとかしてもらっちゃった！　やっぱり変かなぁ？」

不安げなイズミにシンタロウが勢いよく飛びついた。

「すげー可愛い！　可愛い！」

いつもはクールなシンタロウからは想像できない意外な姿だ。

〝イズミ変身大作戦〟大成功♪

「シンタロウ～、せっかく買ってきたケーキ落とすなよな～」

笑いながら部屋に入ってきたのは、今時でお兄系のケンちゃん。

寝ぐせっぽくセットされた黒髪にダボダボのジーンズをはき、茶色いジャケットのえりを立て白いマフラーを巻いている。

そしてケンちゃんの後に軽く頭を下げて部屋に入ってきたのは、ホスト系の優《ゆう》。

確実に一八〇センチはある長身に、少しメッシュの入ったツイストパーマ。

黒いスーツを着ていて車の鍵を指でくるくると回していたのが印象的だった。

「ね～最後に入ってきた背高い人、かなりいい感じじゃん～♪」

アヤが美嘉にそっと耳打ちをする。

美嘉は最後に入ってきたホスト系の優をじっと見つめた。

確かにカッコいいと思う……だけどなんでだろう、胸の奥がちくちくと痛む。

ヤマトが大量の缶酎ハイを一人一缶配り、美嘉、イズミ、アヤ、ヤマト、シンタロウ、ケンちゃん、優の七人が集まってクリスマスパーティーは開始された。

「とりあえずみんな自己紹介しねぇ？」

ヤマトの余計な提案のせいで一人ずつ自己紹介をするハメに……。

まず最初にやる気満々のアヤが立ち上がった。

「アヤで〜す。ピチピチの十七歳で〜す♪　仲良くしてください♪　ちなみに〜彼氏募集中でぇ〜す！」

まだ酔ってもいないのに、のっけからテンションが高いアヤ。

「じゃあ次は俺で」

次に立ち上がったのは、シンタロウだ。

「え〜シンタロウです。知ってのとおりイズミは俺の彼女なんで手は出さないでくださ〜い」

「ちくしょお！　のろけるな〜！」

「自慢か？　バカヤロ〜！」

次々に、醜く嫉妬で満ちあふれた野次が起こる。

続けてシンタロウの隣に座っていたイズミが立ち上がった。

「あ、イズミで～す。シンタロウの彼女です♪　今日は楽しみましょう～！」

いかにもイズミらしいあっさりした自己紹介。

次にタバコに火をつけたばかりのお兄系のケンちゃんがタバコをいったん灰皿の上に置き立ち上がった。

「ケンです。みんなより二個上の大学生～どうぞよろしく～」

二個上だったのか。どうりで大人っぽいはずだよ。

ケンちゃんが座ったすぐ後に、床に手をつきながら立ち上がったのはホスト系の優。

イケメン大好きのアヤの目はさらに輝きを増した。

「名前は優、十九やで！　スーツ着とるけど今日大学の授業があったから仕方なく着とるだけやから！　ホストと勘違いしないでな？」

……初めて聞いた関西弁になぜか目が離せない。

「次、美嘉やりなよ♪」

背の高い優を見上げていると、アヤにせかされて自己紹介の苦手な美嘉はしぶしぶ立ち上がった。

「美嘉です。よろしくなのです……」

緊張のあまり言葉がつまり、注目されて顔が熱くなる。

最後にヤマトが勢いよく立ち上がった。

「女はみんなわかってると思うけどヤマトで～す！　じゃあ飲み始めようぜ！」

乾杯をして持っていた酎ハイをごくんと一口だけ飲むと、みんなはそれぞれ騒ぎはじめた。

「優さんってぇ～関西出身なんですかぁ？」

少し酔ったのか、頬をほんのりピンク色に染めたアヤが優の肩に寄りかかっている。

「俺は関西出身やで。家におったら邪魔やからって追い出されたわ！」

楽しそうな二人の会話を聞きながら美嘉は壁にもたれかかった。

あ～頭が痛い……お酒弱いからなぁ。

「元気かぁぁぁ⁉」

背後から声をかけてきたのは、顔を真っ赤にしてベロベロに酔っ払っているヤマトだ。

「ん⁇　元気元気♪　ヤマト酔いすぎだし～‼」

「俺酔ってねぇって～なぁ～酔ってねぇから～」

「俺もい～れて～」

話に割り込んできたのは、ヤマトに負けないくらい酔っているケンちゃん。

「ケンさん元気っすか～⁉　シンタロウと同じバイトなんすよね～？」

ろれつが回らない口調でケンちゃんにからみはじめるヤマト。

「お～同じバイトだよ～。ってか～二人は付き合ってんのぉ？」

「えっ、美嘉とヤマトが⁇ まっさかぁ～ないない‼」

「俺達マブダチだもんなぁ～美嘉ちん～」

美嘉とヤマトは同時に強く否定をした。

ベロベロに酔った二人から発せられるお酒の匂いに耐えられなくなり、美嘉はひとまず部屋から出る事にした。

酔いが少し冷めた頃部屋へ戻ると、みんなはつぶれてしまっている。

手をつないだまま壁に寄りかかって寝ているイズミとシンタロウに、床にうつぶせているヤマトとケンちゃん。

アヤは相変わらず優に質問攻めをしている。

机の上には数えきれないくらい大量の酎ハイの空き缶……これはつぶれても仕方がない。

美嘉は部屋のドアに寄りかかりズキズキと痛む頭を押さえた。

「美嘉ぁ～ちょっとごめ～ん♪」

アヤがトイレに行こうと部屋から出て行ったその時……。

「こんちわ～！」

一人の美嘉に声をかけてきたのは……優だ。

「……こんにちはっ!!」

思いもよらず声をかけられたので声が裏返ってしまう。

「美嘉ちゃんって静かな子なん？」

「そんな事ないよ⁇」

「そうなんや。あまりしゃべらへんから静かな子なんかと思ったわぁ！　俺の事年上と思わんで、気軽に話しかけてな！」

ニコッと笑った優の子供みたいな笑顔に……また胸が痛む。

部屋に戻ったアヤが再び優に質問攻めを始めたので、美嘉は頭を押さえて眠りについた。


気分がすぐれず目が覚めると、六人全員が寝てしまっている。

カバンから携帯電話を取り出し時間を見ると、時間は夜の十一時半。

……行かなきゃ。

みんなを起こさないよう静かに起き上がり、コートを羽織る。

「あれ……帰るん？」

気配に目が覚めてしまったのか優が寝ぼけた口調で問いかけた。

「用事あるんで帰ります!!」

「こんな夜中に女の子が一人だと危ないやん。車出すで?」

「ありがとう。でも大丈夫です!　ではまたっ!!」

美嘉は車の鍵をポケットから取り出す優の気づかいを避けるように家を飛び出て、学校の方向へ歩き始めた。

その途中コンビニに寄り、小さい花束とチョコレートを買う。

十二月二十五日、クリスマス。

去年の今頃に流産して、大切な大切な一つの命を失った。

一年前……まだヒロと付き合っていた頃に〝毎年クリスマスの日にここにお参りに来ようね〟って、二人で学校の近くにある公園の花壇に手を合わせながら約束した。

ヒロはきっとそんな約束なんて覚えてないよね。

いや、たとえ覚えているとしても今日公園には来る事はない。

【美嘉、また来年ここに来ような】

【来年〜？　毎年だよ‼　来年も再来年もずっとずーっと二人で来るの‼】

一年前に二人で交わした会話が雪とともにはかなく溶けてゆく。

買ったばかりの花束とチョコレートを握りしめ、美嘉は一年ぶりの約束の公園へと向かった。

真夜中の零時半。

公園に到着し花壇に手を伸ばそうとした時、美嘉は持っていた花束とチョコレートを雪の上に落とした。

そこに置いてあったのは、雪のように真っ白な花の束と赤いブーツに入ったお菓子。

そして……小さいピンク色の手袋。

ヒロ、ここに来てくれたんだ。

約束を忘れてはいなかった。覚えていてくれた。

去年のクリスマス、指輪と一緒に黄色い手袋をくれたよね。

赤ちゃんが生まれたらこの手袋をはめさせてあげたいねって。

男の子か女の子かわからないから黄色にしたって言ってた。

女の子だったから、ピンク色の手袋なの……？

どうして。どうして……⁇

わからない、ヒロの気持ちがわからないよ。

どんな気持ちでここに来たの……⁇

美嘉は雪の上に座り花壇に置いてあったピンク色の手袋をきつく握りしめると、花壇に花束とチョコレートを置き手を合わせた。

赤ちゃん、産んであげられなくて本当にごめんね。

天国には逝けましたか……⁇

ヒロは別れても赤ちゃんの事を忘れてはいなかった。

それがすごくうれしかった。

赤ちゃんへの想いを伝え終えて立ち上がると、大粒の雪がちらちらと降り始めたので空を見上げる。

『お参りに来てくれてありがとう、天国に逝けたよ』

赤ちゃんがそう伝えようとしてくれてる……そんな気がしたんだ。

冷たい頬には温かい涙がぽろぽろと流れ落ちた。


プップー。

公園を出て歩いていると、後ろから車のクラクションを鳴らされた。

横に止まった白い車の運転席のスモークガラスが開く。

「やっと見つけたで！」

窓から顔をのぞかせたのは……優だ。

「……なんでここにいるんですか⁉」

「女の子一人やと心配やんか」

「ずっと探してくれてたんですか……⁇」

「お～。家まで送ったるから横に乗りぃ？」

〝男はそう簡単に信用しない〟

「……車には乗れません」

勇気を出して頭を下げながら断る美嘉。

すると車のスモークガラスが閉まった。

……怒らせちゃったかな。

そんな不安をよそに優は車のエンジンを切り、鍵を抜いて車から降りて一緒に歩き始めた。

「ほな俺も歩くで！　それなら嫌やないやろ？」

予想外の行動に予想外の展開。

「えっ……美嘉の家かなり遠いですよ⁇」

「大丈夫やって。最近運動不足やったしちょうどええわ♪」

今日初めて会ったばっかりなのに、なんでこんなに優しくしてくれるんだろう。

「……ありがとうっ‼　優さんって～ホストなんですか⁇」

沈黙にならないように何か話題を作ろうと質問を投げかける。

「そう見えるか？　スーツ着とるのは大学の授業のためやで！　美嘉ちゃんはシンタロ

ウと同じ学校なん？」

美嘉の顔をのぞき込む優。

美嘉は泣いたばかりではれた目を見られないため視線をそらした。

「泣いたんか？」

結局バレてしまった……でも泣いた事は知られたくない。

「……泣いてないです」

優は何も言わずにポケットからハンカチを取り出すと、そこに雪を包んで美嘉のはれた目に当てた。

「俺おせっかい焼きやからな。ウザいやろ？」

「そんなぁ……うれしいです!!」

優の笑顔につられて美嘉も一緒に微笑む。

優はそんな美嘉の笑顔を見て両手を上に伸ばした。

「あ〜やっと笑ってくれたな。良かった良かった〜。美嘉ちゃんって俺の妹に似とるねん！」

「妹？　妹って何歳なの??」

「五歳やで！」

「……五歳って若すぎっ!!」

「俺の親、俺が十二歳の時離婚しとんねん。せやから五歳までの妹しか知らへんけどな！」

「そうなんだぁ……」

優とは話していても違和感がない。

なぜかずっと前から一緒にいるような……そんな懐かしい感じがする。

たわいもない会話をしているうちに、家の前に到着した。

「えっと～ありがとう!! じゃあ……」

「ちょっと待った！　連絡先とか聞いたらあかん？」

玄関のドアに手をかけた美嘉は優の大きな声に振り返る。

「……いいですよっ!!」

携帯電話を取り出し、お互いの連絡先を交換し合った。

「また遊ぼうな！」

美嘉の頭を軽くポンとたたき子供みたいに笑う優の笑顔を見て、気がついてしまった。

優って……どことなくヒロに似ている。

……全体の雰囲気も、話し方も、時々見せるしぐさも。

最初に優の顔を見て胸が痛んだ理由が、今になってわかったよ。

♪ピロリンピロリン♪

優と別れ冷えた体を温めようと布団にくるまっていると、携帯電話に一通のメールが届いた。

受信相手はついさっき連絡先を交換したばかりの優だ。

《優やで〜わかるか？》

冷えているせいか動きが鈍っている指で返信をする。

《わかります。今日はいろいろありがとうございましたですっ!!》

♪プルルルルル♪

メールをしてすぐに鳴った電話の相手は、これまた優だ。

『メールとか電話とか忙しくてごめんな？』

『もしも〜し⁇』

運転中なのか声の向こう側からはかすかに音楽が聞こえる。

『全然大丈夫ですよぉ!!』

『それなら安心やな。また近いうちに遊ぼうな！　暇な時連絡したってや。ほなまた！』

優は一方的に電話を切ってしまった。

美嘉は携帯電話を耳に当てたままポツリとつぶやく。

「……変な人!!」

男はすぐに信用してはいけない、これが美嘉のモットー……だったはずなのに。

もし一人でクリスマスを過ごしていたら、ヒロを想ってずっと泣いて過ごしていたかもしれない。

去年のクリスマスの事、きっと思い出していた。

でもみんながクリスマスパーティーに誘ってくれたお陰で……優がお参りの帰り道を一緒に歩いてくれたお陰で何も考えずにいられた。

みんなに……そして優に感謝するよ。


──元旦。

《今日昼三時に駅前の神社に集合♪　遅刻厳禁！》

ヤマトから届いたメールのせいで新年早々大忙しだ。

軽く時間オーバーをして到着した神社の前にはクリスマスパーティーをしたメンバーが集まっている。

「遅れましたぁ!!　マジでごめんなさ～い……」

「女の子は用意大変やし遅刻しても仕方ないよな！　妹♪」

優が発した【妹】の言葉にアヤが素早く反応した。

「えっ、妹って何～？　何～？」

「美嘉ちゃんは俺の妹やねん。な～？」

「ね～っ!!」

優のマネをして首を曲げる美嘉。それはアヤに対するちょっとした意地悪だったりもする。

人込みの中順番を待ち、自分の番が来るとおさい銭を投げ入れガラガラと鳴らした後、手を合わせた。

〝ん～とん～と。みんなが幸せになれますように!!〟

「ちょっと俺ら、別行動しま～す」

「みんなまたね！」

シンタロウとイズミは手をつないでどこかに行ってしまった。

「あたしちょっと～優さん借りま～す♪」

積極的なアヤはお気に入りの優を強引に連れていく。

残されたのは美嘉、ヤマト、ケンちゃんの余り者三人。

「俺は用事あっから帰るな～！　じゃあまた！」

ヤマトは気をきかせたのか本当に用事があったのかはわからないが、そそくさと帰ってしまった。

「じゃあ俺らはおみくじでも引くか～？」

「そうだねっ!!」

おみくじの場所には一足先にいる優とアヤが楽しそうに笑っている。

「え〜中吉とかやだぁ。がっかり！」

「俺は大吉やったで♪」

ケンちゃんと美嘉は百円を入れておみくじを引いた。

今年一年いい事がありますように……どうか大吉でありますように。

結果は……凶。凶って。縁起悪すぎ!!

落ち込む美嘉を見て、優はこちらに来て突然美嘉の両目を手のひらで隠した。

「美嘉ちゃん、目閉じたらええ事起こるかもな！」

その言葉の意味がわからず、とりあえず言われるがままに目を閉じる美嘉。

「開けてええよ！」

ゆっくりと目を開けるが、さっきと変わった様子はない。

よくよく周りの状況を確認すると、手に持っていた凶のおみくじが大吉にすり替わっていた。

「大吉やん。美嘉ちゃん今年ええ事あるわ！」

優は目を閉じている間に、自分が引いた大吉と美嘉の引いた凶を交換してくれていた。

「優さんの大吉もらっちゃっていいの!?」

優は何度も「美嘉ちゃんの大吉やろ」と言って微笑んだ。
「そのおみくじちょうだ〜い！」
……木におみくじを結んでいる時、耳元でそうつぶやいたのはアヤだ。
アヤはきっと優に惹かれ始めている。
アヤは恋愛がからむと変わる子だから、何も起きないといいけど……。
心の奥に小さな不安が生まれた。
「あ〜なんか調子悪いから、そろそろ帰るぅ……ごめんね」
美嘉はいざこざを避けるために嘘をつき、家まで歩き始めた。
家の前に到着したちょうどその時……。
♪プルルルルルルル♪
着信：優
『はいはぁい!!』
『電話してごめんな。調子大丈夫か？』
『大丈夫だよっ!!』
調子悪いなんてもともと嘘だもん。
『それならええねんけど！　今どこにおるん？』
『ちょうど家の前にいま〜す!!』

『調子悪くなかったらでええんやけど今からちょっと会えへんかな？』

『……はぁ』

『じゃあ十分でそっちに行くから待っててなぁ！』

アヤはどうなったのかな⁇　解散したのかなぁ⁇

次々とわき上がる疑問と不安。

十分後、家の前に止まった白い車からはあせった表情の優が降り、美嘉の元へと駆け寄ってきた。

「ずっと外におったん？　待たせてごめんな。あ～鼻赤くなっとるやん、はよ車乗って体温めへんと。あ……まだ車乗るのきついんか？」

早口でそう言い美嘉の鼻を指先でつまむ優。

……頭の中で駆け巡る複雑な思いと、迷う気持ち。しかし決断は意外にも早かった。

この人なら……信用できる。

「……乗ります‼」

優は助手席のドアを開け、美嘉が座ったのを確認するとドアを閉めた。

そんなさりげない気づかいが年上だという事を改めて感じさせる。

大きくエンジン音を鳴らし動き出す車とともに、美嘉は優に疑問を投げかけた。

「……アヤはどうしたんですか⁇」

「アヤちゃんはケンに任せたわぁ〜。あの二人意気投合してたみたいやしちょうどえぇよ！」

アヤの気持ちを知ってか知らずか、しれっと答える優。

本当に大丈夫かなぁ。アヤまた怒ったりしないかなぁ。

「どこか行きたい場所あるか？　お姫様！」

優の明るい声は不安を少しだけ取り除いてくれた。

まだアヤが優を好きかどうかもハッキリしてないし……大丈夫だよね。

都合のいい勝手な解釈で罪悪感を消し去る。

「じゃあ夜景見に行きたいっ!!　夜景〜!!」

「よっしゃ！　じゃあ夜景見に行くで。穴場スポット連れていったるわ」

車は山道を登り続け、外はもう真っ暗だ。

ラジオも音楽もかかっていない車内は、不思議と二人の会話で盛り上がっていた。

車は目的地へと到着し、突き刺さるような冷たい風の中二人は車を降りる。

「わぁぁぁぁぁ〜!!」

目の前に飛び込んできた景色は言葉では言い表せないほどきれいで……赤、白、黄色や紫のライトがキラキラ光っている。

夜なのに目が痛いくらいまぶしくて、何度もまばたきをした。

「すごいやろ？」

「超～きれい!! すごいっ!!」

二人はちょうど夜景が見える場所にあったベンチに腰をかけた。

「白い光がダイヤモンドでぇ～赤い光がルビーでぇ～……」

子供みたいにはしゃぐ美嘉。優はそんな美嘉の頭をそっとなでる。

「ほんまに子供みたいやな～！」

優は幼い頃別れてしまった妹と美嘉を重ねて見ているのだろう。

今の優の笑顔とか、頭をなでるタイミングが……悲しいくらいヒロに似ていたよ。

美嘉の表情は次第に曇っていく。

すると優はまっすぐに前を向いたまま口を開いた。

「こうやって見ると世界って広いな～。この光の中でたくさんの人が生活しとるなんて不思議やんなぁ？」

夜景が映った優の誠実な瞳は、キラキラと輝いている。

そのまっすぐな瞳に……美嘉は見とれていた。

「みんなそれぞれ悩み抱えてるんやろなぁ。ここなら誰も話聞いてへんで？ 俺に悩み話してみる気にならへん？」

優はクリスマスの日に美嘉が泣いていた事を知ってて、心配してくれてるのかな??

だから今日も会おうって言ってくれたの⁇

もしそうだとしたら……すごくうれしいよ。

だけど勘違いかもしれない。

「悩みなんかないよ⁇　大丈夫っ‼」

本当は大丈夫じゃないくせに‼　意地張って素直になれない。

「大丈夫やったら泣いたりせぇへん。話したらスッキリするで？　ほら、俺おせっかいやから！」

黙ってうつむく美嘉に向かって優は話し続けた。

「美嘉ちゃん俺の妹に似とってなんかほっとけへんねん」

優のやさしさは美嘉が必死で隠してる弱さをどんどん引き出していく。

「元カレに……未練あるかもしれないの」

心の奥底に張りついていた言葉が自然とはがれた。

「かも……って事はわからへんの？」

「忘れようと思ってるんだけどね。まだ無理みたい……」

「忘れよう忘れよう思ってる時点で、その人の事を考えてる事と同じじゃやと思うで！」

優の言葉は確かに当たってるね。

〝忘れなきゃ〟……そう思ってる時点で、その人の事考えてるって事と同じなんだよ。

「ヨリを戻したいとは思わないんだ、戻してもきっと前みたいに楽しく過ごせない気がするから……」

優はその場に立ち上がり大きく息を吸った。

「でも無理に忘れなくてええと思う。だってな、その人と出会えたから今の自分がいるんやで？　その人と出会ってへんかったら大好きな友達とも出会ってへんかもしれへんやろ！」

ヒロに出会って別れのつらさを知った。

命の大切さも、幸せな日々も……たくさんの事を知った。

ヒロと出会ってなかったらイズミやヤマトやシンタロウとも、友達になれないまま終わっていたのかもしれない。

ヒロと出会ったからこそ今の美嘉がここにいるんだ。

「出会ってなかったら優さん達にも出会えてなかったのかな⁇」

「そうやな！　美嘉ちゃんに忘れられない人がおるように、美嘉ちゃんの事忘れられへん人も絶対おる。忘れようとすればするほど離れなくなるもんやで？　今の自分を作ってくれた事感謝したらええよ！　……ってちょっとクサかったやろか？」

照れくさそうに振り向く優。

美嘉は微笑みながら首を横に振った。

ここから見える光の中でたくさんの人が生活し、それぞれ悩みを抱えている。

好きな人と別れてしまった人、想いが届かない人。

どうしようもなくつらい人、立ち直ろうと頑張ってる人。

立ち直って進んでいる人。

みんなみんないろんな想いや日々を経て、仲間に出会い、乗り越えていくんだね……。

「……元気出たよ、ありがとう!!」

立ち上がり夜景に向かって大きく伸びをした美嘉の表情は、笑顔と期待に満ちあふれていた。

「たくさん悩む事はええ事やで。でも悩みすぎたらあかん！」

夜景を見て……優の言葉を聞いて……心にぽっかりあいていた穴が少しだけ埋まったような気がした。

車は家へと到着し、優はクラクションを二回鳴らし窓越しに手を振りながら帰って行った。

♪プルルルルル♪

部屋で暖房にあたりながらテレビを見ていた時に鳴ったアヤからの電話。

嫌な予感がして一瞬出るのをためらったが、仕方なく出る事にした。

『……もしもし⁇』

『美嘉〜今大丈夫⁉』

嫌な予感とは裏腹に元気なアヤの声で怒っていないと確信。

『大丈夫だよっ‼　どうしたの⁇』

『実はあたし〜優さんの事ねらってたんだぁ！　でもあたしこれからはケンちゃんねらいで行く事にした♪　優さん美嘉の事気に入ってるみたいだし、今日ケンちゃんと二人で遊んだんだけど気が合っちゃって〜♪』

切り替えの早さには驚きだけど、アヤは大人になったなぁ。

ちょっと前のアヤなら「人の男奪った」だとか絶対文句言ってたのに。

たったの一年の間に人は成長して大人になるんだね。

でも成長できたのは……恋のお陰なのかもしれない。

人はつらい想いをすればするほど成長していくものなんだ。

『美嘉ぁ？　聞いてる？　お〜い！』

『……あ、ごめん。わかったよ‼』

電話を切り、優にお礼のメールを送信して眠りについた。

こんなに温かい気持ちで眠りについたのは久しぶりだなぁ……。

――三学期。

雪が解けては凍りを繰り返し、地面はツルツルだ。

長い冬休みも終わり学校が始まった。

教室ではイズミとアヤとシンタロウとヤマトが一つの机に集まっている。

何をしているのかと顔をのぞかせると、机の上にたくさんの写真が散らばっている。

「クリスマスの時の写真、昨日現像してきたんだぜ！」

美嘉は誇らしげなヤマトから写真を受け取り一枚一枚目を通した。

「やっぱりダントツのイケメン～♪」

アヤが写真の中の優を指差している。

「優さんはモテるからな。バイト先でもそうだし大学でも人気らしい」

そう言ってシンタロウは納得したようにうなずいた。

優さんてモテるんだ……って何気にしてるんだろ。

全部の写真に一通り目を通して、気づいた事が一つだけある。

写真の中の美嘉は……どれも悲しそうな顔をしているね。

自分では楽しくてたくさん笑っているつもりだった。

大丈夫だと思っていても、心は顔に出てしまうものなんだ。

「美嘉は優さんと二人で遊んだよね～！　進展は？」

アヤの唐突な質問にイズミ、ヤマト、シンタロウの三人が身を乗り出して美嘉の言葉の続きを待っている。

「……ただの友達だからっ!!」

ただの友達……のはずだったんだ。

そう、この時は。

中巻へつづく

「あいしてる」

言いたかった、言えなかった。

「さようなら」

言いたくなかった。

言われたくなかった。

「ずっと一緒にいようね」

居たかった。

信じて…いたかったよ。

美嘉

＜初出＞
本書は、スターツ出版刊行の単行本『新装版 恋空 ―切ナイ恋物語―(上)』(2018年12月)に加筆・修正したものです。

この作品は実話をもとにしたフィクションであり、人物名などは実在の人物・団体等には一切関係ありません。

一部喫煙・飲酒等に関する表記がありますが、未成年者の喫煙・飲酒等は法律で禁止されています。

物語の中に、法に反する事柄の記述がありますが、このような行為を行ってはいけません。

◇◇メディアワークス文庫

新装版《しんそうばん》 恋空《こいぞら》
—切《せつ》ナイ恋物語《こいものがたり》—(上《じょう》)

美嘉《みか》

2021年12月25日　初版発行
2024年12月10日　再版発行

発行者　山下直久
発行　株式会社KADOKAWA
〒102 - 8177　東京都千代田区富士見2 - 13 - 3
0570-002-301（ナビダイヤル）
装丁者　渡辺宏一（有限会社ニイナナニイゴオ）
印刷　株式会社KADOKAWA
製本　株式会社KADOKAWA

●お問い合わせ
https://www.kadokawa.co.jp/（「お問い合わせ」へお進みください）
※内容によっては、お答えできない場合があります。
※サポートは日本国内のみとさせていただきます。
※Japanese text only

※定価はカバーに表示してあります。

Printed in Japan
ISBN978-4-04-914173-3 C0193

メディアワークス文庫　https://mwbunko.com/

本書に対するご意見、ご感想をお寄せください。

あて先
〒102-8177　東京都千代田区富士見2-13-3
メディアワークス文庫編集部
「美嘉先生」係